不屈の代人

神田のっぴき横丁４

氷月　葵

時代小説

二見時代小説文庫

目次

不屈の代人——神田のっぴき横丁 4

第一章　旅人の災難

一

湯屋を出た真木登一郎《まきとういちろう》は、濡れた手拭いを手に、神田《かんだ》の道を歩き始めた。と、すぐに手にした手拭いで額の汗を拭った。

しまった、と思いながら、中天《ちゅうてん》にさしかかった日を仰ぐ。七月初旬の日差しはまだまだ強い。もっと朝早くに来ればよかった……。

着流しに脇差しという身軽な姿でも、暑さで汗が滲んでくる。手拭いで首筋を拭いながら、登一郎は前から来る男に目を留めた。

総髪に短く切った茶筅髷《ちゃせんまげ》の男は、きょろきょろと辺りを見渡しながら、人混みを縫って歩いて来る。すれ違った姿を見て、旅人か、と登一郎はつぶやいた。背に荷物を負い、胸でその風呂敷の先を結んでいる。よれた袴が長旅を思わせた。三十半ばくらいだろう、足取りはしっかりとしている。

馬喰町《ばくろちょう》に行くのだな、と登一郎はその背中を見送った。神田に近い馬喰町には、宿屋が集まっている。江戸にやって来た旅人が目指す町だ。

登一郎は手拭いが乾くように振って歩く。役人であった頃には、とてもできなかった振る舞いだが、隠居の身では人目を憚《はばか》る必要もない。

おや、とその手を止めた。背後で立った大声に、振り向く。

道の先で、乱闘が起きているのが見て取れた。

先ほどの旅人ではないか……。登一郎はとって返す。

旅人が道に倒れ、男二人に押さえ込まれていた。

ひと目でごろつきとわかる男の一人が、旅人の懐《ふところ》に手を入れている。頬の傷が笑いで歪んだのは、財布を取り出したためだ。

「なんすっとか」

旅人が叫んで手を伸ばす。

身を起こそうとする旅人を、もう一人の男が蹴った。その足で旅人の脛《すね》を踏みつける。

旅人の呻《うめ》き声が上がった。

「おう、ついでだ」

踏みつけた男が旅人の腰へと手を伸ばした。

腰には脇差しが差してある。それを鞘《さや》ごと抜き取ると目の前に掲《かか》げ、へへっと男は笑った。歪んだ頬の横にある耳が、潰れているのが目に入った。

「よせっ」

登一郎は大声で走り込む。

見ていた町の者らは、引いて、登一郎に道を空けた。

「けっ」と、潰れ耳の男が唾《つば》を吐いた。

「じじいの出る幕じゃねえよ」

そう言いつつ、奪ったばかりの脇差しを抜いた。

登一郎も即座に脇差しを抜く。

振り上げてきた相手の刃《やいば》を、登一郎も刃で受ける。

宙で重なった刃が、競《せ》り合う。

そこに、片割れの頬傷の男が飛び出した。

手にした匕首《あいくち》で、登一郎の肩を狙って寄って来る。

登一郎は力を込めて、潰れ耳の刃を弾《はじ》いた。その手で、匕首を握った男の手首を峰で打った。匕首が宙に飛ぶ。

「やろうっ」

潰れ耳が脇差しを頭上に構えた。

登一郎は地面を蹴り、空いた脇腹に峰で打ち付けた。男は呻いて身体を折る。

「くそっ」

頬傷の男が飛ばされた匕首を拾い上げた。と、もう一方の手で地面をさらった。

身を回すと、登一郎の前に立ち、握った手を開いた。

土が登一郎の顔に降りかかる。

くっ、と目を押さえた登一郎に、男が背を向けた。

「ずらかるぞ」

頬傷の声に、「おう」と潰れ耳の男が返し、二人の走り出す足音が鳴った。

登一郎が押さえた目を薄く開くと、人を突き飛ばして走って行く男らの背中が見えた。

「おい、大丈夫か」

周りの町人らが倒れた旅人に寄って行く。

「お侍さん」登一郎にも声がかけられた。

「目、開きますかい」

「う、うむ」

涙の溢れる目をしばたたかせながら、登一郎は旅人を見た。

人々の手に支えられながら、旅人は身体を起こしていた。が、腰を上げようとして、うおっ、と呻いた。脛を押さえて腰を地面に落とす。

脇差しを納めながら、登一郎は旅人の横にしゃがんで、

「脚をやられたか」

と、問う。

うむ、と顔を歪めて頷く旅人に、

「医者の所に行こう」

登一郎は腕を伸ばした。脇から手を入れて、背中を抱える。と、周りから手が伸びて、旅人が立つのを助けた。

「えらいめに遭ったな」

「すまねえな、助けられなくて」

「あいつら、平気で刃物を振り回すからな」

町人らが口々に言う。

「いや」と旅人は歩こうとするが、すぐに呻いて左脚を浮かせた。

「無理をなさるな」

登一郎は肩に回した旅人の腕をつかみ、背中を抱えて歩き出す。

「おう、そんならこいつを使えばいい」

声が上がって、荷車が横にやって来た。

「お、よいのか」

登一郎は荷車に旅人の腰を下ろす。

「で、どこの医者に連れて行くんで」

車を引く男が振り向くと、登一郎は顎をしゃくった。

「のっぴき横丁だ」

「合点承知《がってんしょうち》」

男が車を引っぱる。周りの男らも寄って来て、引棒に手を添えて手伝う。

荷車は、すぐに横丁につき、一番奥の龍庵《りゅうあん》の家の前で止まった。

「龍庵殿」

登一郎の声に、すぐに戸が開いた。

座敷に上げられた旅人の袴の裾を持ち上げて、龍庵が脚を覗き込む。

「骨をやられたか」

龍庵の問いに、旅人は自ら手を伸ばして脛をまさぐった。

「ばってん、折れちょらせん、ひびが入ったごたる」

ほう、と龍庵が顔を上げた。

旅人はそれを見返して頷いた。

「おいば医者ですけん」

登一郎もその顔を覗き込んだ。

「その言葉、お国は九州《きゅうしゅう》、肥前《ひぜん》か肥後《ひご》であられるか」

「あ、ああ」旅人は両手を上げると、ぴしゃりと頰を叩いた。

「いやぁ、つい狼狽《うろた》えて国言葉が出てしまいました、江戸の言葉も話せるとです。まあ、訛りは混じりますばってん」

「いや」登一郎は微笑んだ。

「お国言葉というのはいいものです。よそから江戸に来たお人らが話しているのを聞くと、構えずに腹を割って話せるのだな、と羨ましくなります」

はあ、と男は首筋を掻きつつ、皆の顔を順に見た。

「わたしは肥前の長崎《ながさき》から来たとです。柴崎正次郎《しばさきしょうじろう》と申す医者です。いや、申し遅れて失礼しました」

「いや」登一郎は微笑みを作る。

「わたしはこの横丁に住む真木登一郎と申す。こちらの医者は龍庵殿、後ろにいるのが弟子の信介《しんすけ》殿だ」

龍庵の背後から、信介が首を伸ばして会釈をした。正次郎も返す。

「さようで。わたしは今日、江戸に着いたとです。あまりの人の多さにすっかり気ぃば奪われてしまい、目まで奪われ……その隙《すき》が狙われたんでしょう、いや、恥じ入るばかりです」

「なに、そういう旅のお人を狙う悪いやつらがいるのです。江戸は初めてですか。しかし、言葉には馴染みがおありなのですかな」

「はあ」正次郎は目元を弛めた。

「長崎には江戸から来るお人も多くいますし、長崎奉行所のお役人らともつきあいがありましたから」

「なるほど」

登一郎と龍庵の声が揃った。

「あの」

信介がその龍庵の横から膝で進み出た。

「長崎のお医者ということは、蘭方医《らんぽうい》なのですか。骨のひびがわかるということは外科も学ばれたんですか」

「はい、漢方《かんぽう》も学びましたが、父が蘭方医だったもので、それを継いだとです。その父が亡くなったもので、江戸にやって来たとです」

「ほほう」龍庵は正次郎の脛を見た。

「なれば、わたしが下手に手当をするよりも、ご自身でなすったほうがよいですな」

「あ、いえ」正次郎は首を振った。

「手伝ってもらわねばできません。晒《さらし》はありますか」

「はい」信介が巻かれた晒を手にしてほどく。

「どうすればよいですか」

「折れてはおらんで、晒できつく巻けばよかとです。膝の下から足の甲までぐるぐると巻いてください」

はい、と信介は晒を巻き始める。手を回しながら、顔を上げた。

「甲まで巻くのですか」

「さよう、足首を動かすと脛の骨も動くので、そうせんといかんのです。腕の場合も、手首を動かんようにせんといけません」

「なるほど」

龍庵と信介のつぶやきが重なる。

晒を巻き終えた信介は、龍庵を見た。その眼差しに頷いて、龍庵は正次郎に向かって姿勢を正した。

「どうであろう、しばらくここに留まっては」

は、と目を丸くする正次郎に、龍庵が信介を目で示した。

「この信介は以前より阿蘭陀《オランダ》医学を学びたいと言うておったのですが、その機がなかったのです。おまけに最近では、御公儀が蘭学を禁止したため、ますます遠のいてしまいましてな、ここで教えていただければ、実にありがたい。ゆっくりと足の養生《ようじょう》をしながら……いかがですかな」

「はあ……ばってん……」

目をしばたたかせる正次郎に、龍庵が身を乗り出す。

「むろん、朝昼晩の膳も出しますし、お代などは無用。教えていただくお礼ということで」

「いやぁ、そいば……」正次郎はためらったあとに、ついと背筋を伸ばした。

「そいば、ありがたか話です。金子《きんす》を奪われ、どうしたものかと、晒を巻いてもらいながら考えよったとです。あのう……」

正次郎は皆の顔を見回した。

「こういう場合、盗られた金子や脇差しは戻って来るとですか」

ううむ、と皆が顔を歪め、龍庵が口を開いた。

「あとで、役人を呼ぶゆえ、盗られた物を伝えなされ。しかし、戻って来ることはほぼない、というのが正直なところだ」

登一郎も歪めた顔で頷くと、正次郎は、ほうと息を吐いた。

「そんなら一文無したい……いや、置いてもらえればありがたかです」

「おう、なれば決まりだ」

龍庵が膝を叩くと、信介は畳に手をついた。

「是非、蘭方をお教えください」

はあ、と頷きながら、正次郎は目を登一郎に向けた。よいのだろうか、と問う眼差しに、登一郎は目顔で頷く。

「よい話です。なに、ここはのっぴき横丁と呼ばれてまして、のっぴきならなくなったお人が駆け込む所なのです。遠慮はいりません」

「のっぴき……確かに、今のおいのことばい」

笑い出す正次郎に、登一郎も笑顔になった。

二

「ほほう、蘭方医か」

登一郎の話に、永尾清兵衛《ながおせいべえ》が頷いた。

清兵衛は横丁の差配をまかされているため、なにかあったときには告げておくのが習いになっている。

「よいではないか。龍庵殿は医者の腕前に一抹《いちまつ》の……いや、偏《かたよ》りがあるからな、医術の腕が上がるのはよいことだ」

清兵衛の言葉に、登一郎はかねてから思っていたことを口に出した。

「龍庵殿は、きちんと医術を修めておられるのか」

医者は免許があるわけではなく、自ら医者だと名乗れば、それで通ってしまう。ために、診断もつけられないにもかかわらず、売薬を適当に出すような医者も世の中にはいた。

「ふむ」清兵衛は腕を組む。

「そこはわたしも確かめたわけではないが、京《きょう》で学んだと言っていたな。京の医者修行は厳しいと聞くから、多少は身についているだろうよ」

ふうむ、と登一郎は首をひねる。

「どうも、いささか頼りないところがある気がしてな」

ははは、と清兵衛が笑う。

「まあ、これまで病人を殺したという話は聞いていないし、手に負えぬと思えばすぐにほかの医者に回すのだから、差し障りはあるまい」

「なるほど」

登一郎も笑顔につられる。と、その顔を横に向けた。隣から声が聞こえてきたためだ。清兵衛の家は一番端だが、隣に金貸しの銀《ぎん》右《え》衛門《もん》の家がある。

「お願いしやす」男の声が上がった。

「腕の怪我が治ったら、また働いて返しますんで」

「ううん」と銀右衛門の声が低く聞こえてくる。

「また、荷運びをするのかい」

「あ、いいえ……あっしはこんな身体ですから、荷運びは向いてないとわかりやした。なにか、別の仕事を探しやす」

「ふうむ、そうだねえ、人には向き不向きがあるからねえ。そもそも、寄席《よせ》にいたって、なにをやっていたんだい」

「へえ、独楽《こま》回しでさ」

「ふうん、独楽か」

銀右衛門のつぶやきを聞きながら、登一郎と清兵衛は顔を見合わせた。

老中首座《ろうじゅうしゅざ》の水野忠邦《みずのただくに》は、去年の天保《てんぽう》十二年から大幅な改革を始めた。質素倹約を掲げ、町人の暮らしに贅沢を禁ずるとして、さまざまな禁令を出していた。江戸の町に数えきれないほどあった寄席は、すべて廃止された。

「前にも寄席の芸人が来ていたな」

清兵衛の言葉に登一郎が頷く。

「うむ、何百人もの芸人が仕事を奪われたのだろうな」

頷き合いながら、二人は隣の話し声にまた耳を傾けた。

「そうだねえ」銀右衛門の声が聞こえる。

「おまえさんに荷運びは向かないだろう。また怪我をするのが落ちだ。おかみさんはいるのかい」

「へい、一緒に独楽回しをしてたんですけど、今は洗濯女をやってくれてやす」

「洗濯か、大した金にはならんだろう。よし、わかった。二分《にぶ》（二分の一両）貸そう。怪我の養生をしながら、できそうな仕事を見つけるんだね」

「へい、かっちけねえこって」

かっちけねえ、は町の男がよく口にする、かたじけないが訛った言葉だ。その言葉で、隣はしんと静かになった。

やがて、隣の戸口から足音が鳴った。

登一郎と清兵衛は、暑さで開け放した戸口に目を向けた。

隣から出て来た男が前を通って行く。大事そうに懐に手を当てた男は、ひょろりとした身体で、そそくさと横丁を出て行った。

「町人ばかりが難儀をしているな」

登一郎のつぶやきに、清兵衛は眉を寄せる。

「うむ、奢侈禁止令《しゃしきんしれい》といっても武家にはおかまいなしだしな、町の者らは釈然《しゃくぜん》とせんだろうよ」

「うむ」

登一郎も眉を寄せる。かつて、役人として登城していた頃のことが甦った。倹約と言われても旗本らは変わらずに見栄《みえ》を張った弁当を持参し、凝った根付けや煙管《きせる》を見せ合っていたものだった。

登一郎はまた外に目を向けた。若い娘が前を通って行く。と、すぐに隣から「こんにちは」という声が聞こえてきた。

「なんと、あのような娘までが金を借りに……」

登一郎の言葉に、「ああ」と清兵衛は首を振った。

「あれは客ではない、銀右衛門さんの娘、おさとちゃんだ」

え、と登一郎は目を見開く。

「銀右衛門さんは妻と子があったのか」

普段、一人で暮らしている姿しか見たことがなかった。

「うむ、少し離れた町におかみさんとあのおさとちゃんの二人で暮らしている、と聞いている」

「別に住んでいるのか」

「ああ、どういうわけかは知らぬが、そうらしい。おさとちゃんはときどき来ては、掃除やら洗濯やらの世話をしているようだ」

　ふうむ、と登一郎は今見た娘の姿を思い浮かべた。

　歳の頃は十七、八というところか……うちの倅《せがれ》と同じくらいだな……。三男の長明《ながあき》の顔が浮かぶ。その顔に、あ、と声が洩れそうになった。そうだ、よい考えだ……。

　書見台《しょけんだい》を戸口に向けて、登一郎は座っていた。書物に目を落とすが、すぐにそれを上げる。朝から何度も、それを繰り返していた。が、すでに戸口の外には、傾きかけた日差しが伸びていた。

「おや」と、中間《ちゅうげん》の佐平《さへい》が横にやって来た。

「ひょっとして長明様をお待ちですか、なんなら、あたしがお屋敷に呼びに行って来ましょうか」

　む、と登一郎は見上げる。そうだな、と言いかけたところに、

「父上」

　と、戸口に長明が立った。

「おう」腰を浮かせて、手で招く。

「待っていたのだ、さ、上がれ」

長明が座敷に上がると、佐平は台所へと戻って行った。

「待っていたとは、なにかご用がおありだったのですか」

「うむ、そなた、蘭学を学びたいと言うていたであろう、今でも変わらぬか」

「は……はい、今もその思いはあります。されど、蘭学は禁止されて……」

水野忠邦が数多く発した禁令のなかには、蘭学を学ぶことも含まれていた。

「さよう」登一郎は声を落とす。

「だがな、蘭学を修めたお人が来たのだ、この横丁に。いつまでおられるかわからぬが、どうだ、教えを乞うてみては。そのお人、長崎の蘭方医でな……」

登一郎は柴崎正次郎のことを説明する。

「なんと、長崎となれば、本場ではないですか」

長明は目をくるくると動かす。

「そうだ、いや、まだあちらには話しておらぬゆえ、引き受けてもらえるかどうかわからぬが、まずそなたの意を確かめようと思うてな」

「はい」息子は大きく頷く。

「教えていただけるなら、是非に」

よし、と父も頷いた。

「では、明日にでも訊いてみよう」

微笑む父に、息子も笑顔になる。

「いやぁ、このような機が来るとは……」

うむ、と登一郎は息子の肩を叩いた。

「よし、古道具屋に行こう。文机《ふづくえ》が一台しかないから、買わねばならん。ついで外で飯を食べよう」

「はい」

長明は勢いよく立ち上がった。

三

昼過ぎ、登一郎は家を出て、龍庵の家のほうへと歩き出した。と、その足を速めた。

杖を突いた正次郎がこちらにやって来る。

「これは、柴崎殿、歩いて障りはござらぬか」

「はい」正次郎は両脇を支える杖を目で示した。

「龍庵先生が貸してくれたとです。この杖を使えば、怪我した足をつかずに進めます。

よか杖です」

以前、足の骨を折った町人が使っていた物だ。

「そうか、それはよかった。どこかへおでかけか」

「いえ、真木殿の家に伺うつもりでした。真木殿は御公儀のお役人をしておられたと聞いたので、話を聞きたかと思うて……」

「ほう、なればちょうどよい、おいでくだされ。わたしも柴崎殿に話がありましてな、さ、どうぞ」

家へと誘い、手を貸して座敷へと上げた。

晒を巻いた足を伸ばしたまま、正次郎は向き合った。

「こげん格好でご無礼を……」

「いや、とんでもない」

そこに佐平がやって来た。丸めた布団を正次郎に差し出す。

「これをお当てなされば、楽かと」

お、と正次郎はそれを尻に敷いた。

「これはかたじけない」

「いえ、今お茶を」

戻って行く佐平に頷いて、登一郎は正次郎に向き直った。

「して、どのような話をお聞きになりたいのですかな」

「はい、実は……長崎から江戸に来る途中で、御政道《ごせいどう》のことをいろいろと耳にしまして、老中首座の水野様がずいぶんと厳しい政《まつりごと》を行っていると……」

「ふむ、そのことですか、確かに、質素倹約を掲げてから、町人に対してさまざまのものを禁じて、法令降る雨の如しと言われましてな……」

登一郎は禁令の多さ、厳しさを説明した。

「ほう」と正次郎の眉が寄る。

「それでは、民は難儀をしよっとでしょう。鳥居耀蔵《とりいようぞう》という町奉行の噂も聞いたとですが。皆に嫌われて妖怪《ようかい》と呼ばれよっと、と」

ああ、と登一郎は顔を歪めた。

「さよう、水野様に気に入られて重用されている者で、水野様の一字をもらって今は忠耀《ただてる》と名乗っているが、なに、皆、鳥居耀蔵と呼んでいます。妖怪の妖は耀にかけてあるゆえ……まあ、そんな具合に水野様に阿《おもね》っている男なので、南町奉行となってからは、厳しい禁令を次々に出しているのです」

「なるほど、上に気に入られたいという心根ですね」

「そうであろう。それも見え透いているし、容赦《ようしゃ》のない取り締まりをしているので、蛇蝎《だかつ》の如く嫌われているというわけでな」

「ふうむ、なんでも、前の南町奉行を冤罪《えんざい》で追い落としたとか。いや、桑名藩《くわなはん》を通った折に、いくどもその話を聞いたとです。謂《いわ》れのない罪を着せられた矢部定謙《やべさだのり》殿は、桑名藩に永預《えいあず》けにされている、ということで」

「うむ」登一郎は身を乗り出す。

「矢部殿は実直で正義を貫くお人でな、町人へのお裁きも慈悲深いものであったゆえ、皆から慕われていたのだ。それが、鳥居耀蔵の策にはまって、罪とも言えぬ罪を被せられ、罷免《ひめん》のみならず改易《かいえき》にまで追い込まれたのだ。おまけに桑名藩に……」

登一郎は当時のことを思い出し、歯がみをした。

ふうむ、と正次郎は口をへの字に曲げた。

「真木殿は矢部殿の味方だった、ということですね。城中では、そういうお人らもおった。ばってん、止めることはできんかった、ということでしょうか」

む、と登一郎は目を伏せた。

「恥ずべきことだが、そのとおり……役人は己の身を守ることに専心してしまうのだ」

登一郎は佐平が置いていった茶を口に含む。

「いや、弱い立場の者が強い者に従うのは人の常です。それは江戸に限ったことではありません」

正次郎も茶を飲むと、はぁと天井を仰いだ。

「水野様も……」その顔を戻す。

「矢部様への理不尽なお沙汰には反対なさらなかった、ということですか」

「うむ」登一郎は目を見開いた。

「反対どころか、後押しをしたはずだ。矢部殿はその正義を重んずる気性ゆえに、水野、あ、いや、水野様の偏った政策に対して諫言《かんげん》をし、私利のための目論見《もくろみ》を潰したこともあったのだ。水野様にとって矢部殿は敵も同然であったゆえ、鳥居耀蔵の企《たくら》みは喜ばしかったであろう」

登一郎の言葉に、正次郎は眉を顰《ひそ》める。

「水野様がそのようなお方であったとは……」

登一郎は真顔に戻ると、正次郎を見つめた。

「柴崎殿は御政道に関心がおありと見えるが」

ああ、と正次郎も顔に手を当て、真顔に戻す。

「長崎や旅の途中でいろいろな噂を耳にしたもので、ちと気になって……いや、長々と失礼ばしました。して、真木殿のお話は……」

　ああ、と登一郎は背筋を伸ばした。

「実はわたしの倅が……」

　長明が蘭学を学びたがっていることを話す。

　ああ、と正次郎は笑顔になった。

「そげんこつなら、喜んで。こちらもずっと龍庵先生の所におるのは気が引けるので、ありがたかです」

「そうですか、いや、むろん龍庵殿にも相談した上ですが」

「ばってん」正次郎は眉を寄せた。

「蘭学は禁止なのではなかとですか」

　ああ、と登一郎は目を左右に動かした。

　隣の拝み屋の家からなにやら唱える声と鈴の音が聞こえてくる。反対側の錠前屋《じょうまえや》からは、トンカンという響きが伝わってくる。

「ここは、ちょうどよい音消しがあるので、心配は無用です」

「なるほど」正次郎は眉を戻すと、腰を浮かせた。

「では、龍庵先生に話ばしてみます」

「あ、わたしも参ろう」

二人は連れだって家を出た。


「話はついたんですか」

戻って来た登一郎を、佐平が出迎えた。

「うむ、龍庵殿もよいと言うてくれた。昼前は信介殿を連れて、病人の家に行くことが多いそうだから、柴崎殿には昼前の一刻《いっとき》（二時間）、一日置きに来てもらえることになった。明日の朝、長明が来るからちょうどよい」

「へえ、さいですか。ようござんしたねえ。長明様も張り合いができるこってしょう」

佐平は敷物に出していた布団を抱えた。と、それを持ち上げたとたんに、「うっ」と呻き声を上げた。

見ると、中腰のまま固まっている。

「どうした」

「こ、腰が……」

佐平が布団を落として顔を歪める。

「腰をやったのか」

登一郎の問いに頷くと、そっと中腰のまま足を横に出した。

「あ、いたたっ」

息が漏れる。

「いかんな」

登一郎は布団を抱えて奥に伸べると、そっと佐平の手を引いた。

「さ、横になれ。龍庵殿を呼んでくるゆえ」

「す、すみません、うっ、いてっ」

そろそろと布団に身体を伸ばす。

登一郎は戻ってきたばかりの龍庵の家へと、駆け出した。

すぐにやって来た龍庵は弟子の信介と正次郎も伴っていた。

「ふうむ」龍庵は佐平の腰を探る。

「骨ではない、怪我でもない。よくある腰痛ですな」

龍庵は鍼《はり》を打ち始めた。覗き込む信介に、

「明日からそなたが参って、鍼と灸《きゆう》をせよ」

と言うと、

「はい」

信介が頷く。

やはり横から覗き込む正次郎を、登一郎は見た。と、正次郎は苦笑して、首を振った。

「蘭方は、このような病にはあまり役に立たんのです」

「ほう、そうなのですか」

「ええ、因や仕組みが明らかであれば、手当の方法も決まっとるばってん、腰痛や肩こりなどは、因がはっきりせんとです。こういう痛みには、鍼や灸などのほうがよく効くとですよ」

「うむ」龍庵が胸を張る。

「ここは我らの出番、まあ、多少の時はかかるかもしれんが、まかせなされ」

「お願いします」

佐平が掠《かす》れ声で言う。

「じゃが」龍庵は真顔になった。

「蘭方には叶わないことも多い。学びたいのは本気ですから、お願いしますぞ」

「お願いします」

と、信介も頭を下げる。

「こちらも、よろしくお頼みします」

登一郎も続いた。

「いや」正次郎は苦《にが》く笑う。

「大した役には……ばってん、気ば入れてやりますんで」

よろしく、と三人の声が揃った。

四

翌日。

向かい合わせに並べた文机の前で、長明がかしこまって手をついた。向かいには重ねた敷物に座った柴崎正次郎が、やはりかしこまっている。長明は、顔を上げると、はきはきと言った。

「真木長明と申します。柴崎先生、よろしくお願い申し上げます」

「あ」

正次郎は手を上げると、その手で首筋を掻いた。

なにか、と長明と登一郎がそのようすを窺うと、正次郎は苦笑を浮かべた。

「いや、実は父が柴崎先生と呼ばれていたもので、わたしは下の名で通っていたとです」

「ほう」登一郎が見る。

「正次郎先生、ということですか」

「ええ、なもので、柴崎先生と呼ばれるとなにやら己のことと思えんのです。龍庵先生のうちでも、下の名で呼んでもらっとりますけん、こちらでも……」

「はい」長明は微笑む。

「では、正次郎先生、よろしくご指導のほどを」

頭を下げる息子の横で、登一郎も頷いた。

「お頼みします」

「はい」正次郎は登一郎を見た。

「あの、真木殿は先生と呼ばれていると聞いたとですが、わたしもそう呼ばせてもらってもよかですか」

ああ、と登一郎は苦笑する。

「いや、わたしの先生は実《じつ》のないもので、ただ呼びやすいというのでそれで通っているのです。むろん、そうお呼びくださってかまいません」

　くすっ、と長明は正次郎に笑顔を向けた。

「父上は隠居と呼ばれるのがいやなのです」

「これ」登一郎が胸を張る。

「真《まこと》のことは、軽々しく言ってはいかん」

　はい、と笑いながら肩をすくめた息子に、父も笑った。笑いつつ、登一郎は痛いところを突かれたな、と思う。隠居と呼ばれるのは確かにうれしくなかった。それに、横丁で真木様と呼ばれては、いつまでも馴染めないい気がしていた。実はなくとも、先生はちょうどよい……。

　その父を、長明は覗き込んだ。

「せっかくです、父上も蘭学を学ばれませんか」

　む、と登一郎は笑みを納める。そこに奥から声が上がった。

「先生」布団に腹ばいになった佐平が、顔を上げている。

「手桶《ておけ》がいっぱいになりますよ」

「おう、いかん」

登一郎は慌てて奥へと走り、台所の土間に下りた。

少し高いところに置かれた木桶の注ぎ口から、濁った水が手桶に流れ落ちている。

登一郎はその注ぎ口に急いで栓《せん》をした。注いでいたのは灰汁汁《あくじる》だ。灰汁桶には竈《かまど》で出た灰に水が入れられて、灰汁汁が作られている。

登一郎は手桶を掲げると、文机に向かい合う二人を見た。

「わたしは今すぐに学ばねばならんことがたくさんあってな、忙しいのだ。それに……」

座敷に丸められていた襦袢《じゅばん》を腕に抱える。

「今から蘭学を学んだところで、役に立つ時は来るまい。長明、そなたが存分に学べ」

そう言うと、にっと笑って襷《たすき》を回して袖《そで》をからげた。

「では、わたしは洗濯に行ってまいる」

くるりと背を向けると、裏口から外へと出た。

隣の錠前屋とその並びの龍庵の家のあいだは建物がない。あるのは井戸だ。洗い場であり、物干し場ともなっている。

おや、と登一郎は足を緩《ゆる》めた。

井戸の横で襷掛けの娘が洗濯をしている。

横から覗いた登一郎は、「ああ」と声を上げた。その声に、娘が顔を上げる。

「あら、おはようございます」

「うむ、おはよう。そなた、銀右衛門さんの娘御、おさとちゃんといったか」

まあ、とおさとは前垂れで手を拭きながら立ち上がった。

「あたしのことをご存じなんですか」

「ああ、家に行くのを見かけて、清兵衛殿に名を聞いたのだ」

「そうですか、御武家様は先生、ですよね」

おや、と登一郎は目を見開く。

「わたしのことを知っていたか」

「はい、おとっつぁんから聞いてます。偉い御武家様が家移《やうつ》りして来なすったって」

「いや、偉くはない。そもそも隠居だ」

苦笑する登一郎におさとは笑顔になった。と、手桶と襦袢を持った両手を見る。

「え、先生が洗濯をなさるんですか、佐平さんは……」

「お、佐平のことも知っているのか、いや、腰を痛めて動けぬゆえ、わたしが家のことをやっているのだ」

「まあ、大変……佐平さんには、いつもここでお世話になってるんですよ。大丈夫なんですか」

「ほう、そうであったか。なに、鍼やら灸やらやってもらっているから、直《じき》に治るであろう」

まあ、と言いつつ、おさとはしみじみと登一郎の手元を見た。

「けど、御武家様が洗濯なんて……あ、盥《たらい》はこれを……」

立てかけてある盥をひょいと持って地面に置いた。

「誰でも使っていいことになってるんですよ」

「おう、かたじけない」

登一郎は抱えていた襦袢を盥に放り込んだ。その上から灰汁汁をかける。

おさとは自分の盥に戻ってしゃがみ込むと、登一郎に顔を向けた。

「洗濯、大丈夫ですか。袖をちぎらないように、縦《たて》に洗うんですよ、こうやって
……」

「ほほう」登一郎は見て真似をする。

「なるほど、横に引っ張るところであった。こうだな」

おぼつかない手つきに、おさとは笑いを堪《こら》えつつ頷く。

「それに、いきなり揉むよりも、灰汁汁にたっぷり浸してからのほうがいいんです。汁がしみ込んで汚れが落ちやすくなりますから」

「ほほう、なるほど」

手を止めると、登一郎は首を伸ばしておさとの盥を見た。

「おさとちゃんも灰汁汁を使っているのか」

「はい、もうすすぎですけど、灰汁汁を使いました。それかお米のとぎ汁か、うちはどっちかです。わざわざ無患子《むくろじ》を使わなくても、きれいになりますから」

町では無患子の果皮から作った洗濯液が売られている。泡が立ち、汚れがよく落ちるが、家でできる灰汁汁やとぎ汁を使う者のほうが多い。

「ふむ、もうよいか」

登一郎は手を動かし始める。

そのぎこちなさに、おさとは小さく笑った。

「洗濯屋に出せばいいのに」

洗濯を請け負う所では、下帯《したおび》やおむつに着物まで、料金さえ払えばなんでも洗ってくれる。

「なに」登一郎は手に力を込める。

「町暮らしを始めたのだから、襦袢くらいは洗えるようにならねば、一人前とは言えまい」

「一人前って、今さら……」

思わず噴き出すおさとに、登一郎も「ふむ」と笑みを向ける。

「いや、生きる者、としてだ。今朝は飯を炊いてみたのだが、粥のようになってしまったゆえ、これではいかん、と気を引き締めたのだ」

ふん、と鼻息を漏らす登一郎に、おさとはけらけらと笑い出す。

「お粥なら上出来です、黒焦げになったら食べられませんもの」

「うむ、佐平にもそう慰められた。腹に入れられるだけでもめっけものだと」

あはは、とおさとは笑いが止まらなくなり、鳥のさえずりのように高い声を響かせている。

町の娘というのは、と登一郎は目を細めた。このように朗《ほが》らかなものか……。

「その襦袢は銀右衛門さんの物だな、いつも洗濯をしているのか」

「ええ」おさとは笑いながら声を落とした。

「洗濯してあげると、お小遣いをもらえるんです」

「なるほどな」

はい、と頷いて、おさとは立ち上がった。襦袢を手に取って、さて、と絞る。勢いよく水を滴《したた》らせると、それを振って開いた。それを抱えて物干し竿の前に立つと、顔を登一郎に振り向けた。その物言いたげな眼差しに、「おう」と登一郎は立ち上がる。

「手伝おう」

竿を外して、端を差し出す。

そこに袖を通しながらおさとは微笑んだ。

「ありがとうございます。佐平さんにもいつも手伝ってもらってるんです」

襦袢が通った竿を、登一郎は柱に掛けた。

「おさとちゃんは親孝行なのだな」

そう笑みを向けると、おさとは「まさか」と肩をすくめた。

「ここに来るのは、おとっつぁんからお金をもらえるからですもん。おとっつぁんは一度に少ししかくれないから、しょっちゅう来るしかないんです」

「ふうむ、まあ、金を回していると、都合をつけるのが難しいのかもしれぬな」

「いいえ」おさとはきっぱりと首を振る。

「お金はいつだってあるんですよ。だからあたし、おとっつぁんはケチなんだと思ってたんです、ずっと」

くすっと笑うおさとを、登一郎は覗き込んだ。

「ふうむ、そうなのか」

「ええ、けど」おさとは空を見上げた。

「最近、わかったんです。いっぺんにたくさん渡すと、あたしが来なくなるから、それで少ししかくれないんです、きっと」

「ほほう」

登一郎は銀右衛門の顔を思い浮かべた。いつもむっつりとしていて、笑った顔は見たことがない。それでも、娘はかわいいのだな……。

「さあて」

おさとは両手をぱんぱんと打った。

「お小遣いをもらわなくちゃ」

そう言ってぺこりと頭を下げた。

「ありがとうございました」

にこっと笑って、走り出す。

「さあて」登一郎も声に出すと、盥に戻った。

「洗濯のしかたはわかったぞ」

しゃがむと、盥に手を入れた。

五

湯気の立つ飯碗と汁椀を膳に並べて、登一郎は佐平の枕元に運んだ。

「どうだ、今朝は昨日よりもましに炊けたぞ。まあ、まだ柔らかいがな」

腹ばいの佐平が、いてて、とつぶやきながらゆっくりと身を起こす。

「いえ、柔らかいほうがようござんす」

佐平は膳に手を合わせる。沢庵《たくわん》の載った小皿とひじきの煮物が盛られた小鉢もある。

登一郎は自分の膳も運んで来ると、佐平と向き合って座った。

いや、と佐平は慌てる。

「ここで召し上がらずとも……」

「なに、ここは台所に近くてよい。涼しいしな」

開け放たれた勝手口から風が流れてくる。

登一郎は納豆汁を含みながら、佐平を見た。

「どうだ、少しはよくなったか」

「はあ、昨日、龍庵先生や信介さんが鍼やら灸やらやってくださったんで、少しずつよくなっている気がします」

「ふむ、そうか、まあ、五日で治るかひと月かかるかわからんと言うていたからな、焦らずに養生するといい」

あのう、と佐平は納豆汁を飲み込んで言う。

「口入れ屋で中間を手配してもらってはどうですか。あたしはお払い箱にしてもらってもかまいませんので」

む、と登一郎は箸を持つ手を止めた。

「なんだ、佐平はやめたいのか」

嫌われたか、と登一郎は思う。実は我慢をしていたのか……。

「や、そうじゃありません」と佐平は首を振った。

「あたしはここ、好きですよ、ああいえ、先生のことも……けど、洗濯やら煮炊きやらをさせてしまっては、奥方様に顔向けできません」

屋敷を出て町暮らしを始めると言った登一郎に、中間のなかから佐平を選んでつけたのは妻の照代《てるよ》だった。

「なんだ」登一郎は笑う。

「そのようなことは気にするでない。長明にも、よけいなことは言うなと釘を刺してあるから、屋敷に知られることもない」

「はあ、さいで……けど、役立たずがこうしておまんまを食べるのは、どうにも居心地が悪いというか……」

ふむ、と登一郎は目を上に向けた。

「役立たずか……」

己の身を振り返った。横丁に来てから、なにか役立って、仲間と認められたいと、いろいろなことに首を突っ込んできた。

「そうさな、確かに人はなにか役目があったほうが腰が落ち着くな。しかし、病は別だ。好きでなる者などいないのだから、休むしかない」

「はあ、確かに、なりたくてなってるわけじゃありませんが」

「そうであろう、そういうものは流れだ」

「流れ……」

「そうだ、日々の流れは川のようなもので、うまく流れるときもあるし、濁流になることもある、それに滞《とどこお》ることもある。病は滞りと同じだ。やがて、また流れ出すときが来る」

「はあ、なるほど」

「ゆえに、腹をくって養生をすればよいのだ」

「それでいいもんでしょうか」

「うむ、よい」登一郎は飯碗を手に取った。

「さ、食べよう、冷めるぞ」

「はい」

佐平はこっくりと頷くと飯碗を眼前に掲げ、礼をした。


夕刻。

書見台に向かっていた登一郎は、戸口に人が立った気配に顔を上げた。

「ゆで卵はいかがですか」

そう言って、卵を入れた籠《かご》を手にした男が入って来る。

「おう」

登一郎はその顔を見て、腰を浮かせた。

「もらおう、上がってくれ」

卵売りの正体は、徒目付《かちめつけ》の浦部喜三郎《うらべきざぶろう》だった。かつて、登一郎が目付の役に就いていたときの配下だ。登一郎を慕っていた浦部は、隠居して横丁に移った登一郎に密《ひそ》かに会い来るようになっていた。城中の出来事などを教えてくれる。

浦部は町人らしく端折《はしよ》った着物姿で上がって来た。徒目付は探索で町を歩くことも多く、姿を変えるのも珍しくない。

「お邪魔を」

登一郎は顎をしゃくる。

「二階に参ろう」

階段を上がって、二人は向かい合った。

登一郎は堅い浦部の顔を覗き込んで、

「なにか、変わりがあったか」

と声を低めた。

「はい」浦部も声をひそめる。

「桑名から使いが来たそうです」

「桑名……矢部殿のことか」

桑名藩に永預けとなった矢部定謙のことは、常に頭の隅に引っかかっていた。どう過ごされているのか、と気になっていた。

浦部は小さく首を縦に振る。

「矢部様のことのようです。御領主の松平定猷《まつだいらさだみち》様が、御公儀に報告をされたそうです」

預かりとされた者は、その領主の管理下に置かれる。

む、と登一郎は眉を寄せた。

「もしや病か、それも重いということか」

預かりの身になにかがあれば、責めを負うのは領主だ。

「噂によると、お加減が悪いようです」

「ううむ」登一郎はさらに眉間《みけん》を狭める。

「病の上、重態ということになれば、藩の責任を問われる。ために、そうなる前に、病状を公儀に知らせておこう、という意図であろうな」

「はい。あちらでは五人の奥医師をつけているらしいのですが」

「ふむ、奥医師か、御公儀からの預かりの身であれば大事をとるのは必定《ひつじょう》……が、それで回復せぬゆえの報告、ということか。して、病の仔細《しさい》はわかっているのか」

「いえ、噂によると、なんでも御膳を召し上がらないそうです」

「ふうむ、胃の腑《ふ》に障りがあるのだろうか、いや、歯や口の病ということもありうるか」

浦部はすっと膝行《しっこう》して間合いを詰めた。

「実は、これも噂ですが、自ら食を断っておられるのではないか、と……」

「自ら」

登一郎は声を上げそうになって、慌てて呑み込んだ。ううむ、と腕を組んでうつむくと、次には天井を見上げた。

「食断ちか、いや、剛直《ごうちょく》な矢部殿であれば、確かに、やりかねぬ。冤罪への憤怒《ふんぬ》、それに鳥居耀蔵と水野忠邦への抗議として、命を賭けてもおかしくはない」

「はい、城中でも、そうささやくお人らがいます」

浦部の顔も歪む。

なんと、と登一郎は拳《こぶし》を握った。

「それが真なら、医者など役に立つのか」

「それはなんとも……なにしろ、食断ちもあくまでも噂、なにか身体の病ではないか、と言う者もおりますし」

首を振る浦部に、登一郎は腕を強く組んだ。

「ふむ、そうだな、確かなことはわからぬな」

「はい、またなにか聞き及びましたら、お知らせに参りますので」

浦部は礼をして腰を上げる。

立ち上がった浦部の持つ籠を見て、登一郎は中を覗き込んだ。

「このゆで卵は売り物であろう」

は、と籠を持ち上げて、浦部は苦笑する。

「はい、ゆで卵売りから買ったものですが」

「なれば、売ってくれ、佐平に食べさせてやりたい」

「佐平、ああ、中間の……下で伏せっていましたね」

「うむ、腰をやってしまったのだ。卵はいくつある」

「五つです」

「では、二つもらおう、下で払う」

階段を下りる登一郎に続きながら、浦部は首を振る。

「いえ、お見舞いに差し上げます」

「や、それはならん」

鶏卵《けいらん》は安くない。

浦部は小さく笑ってつぶやく。

「ご気性は町暮らしをなさっても変わりませんね」

ん、と登一郎は顔を振り向けた。

「なにか言うたか」

いいえ、と浦部は笑顔で首を振った。


朝。

竹箒《たけぼうき》を手にした登一郎はその手を止めた。

「なっと、なっとうー」

大きな籠を下げた男が、売り声を上げながら近づいて来る。

袖に入れておいた小銭をつかみ出すと、

「おう、久松《ひさまつ》さん、待ってたぞ」

と、手を差し出す。

「へい、毎度あり」久松は刻み納豆の入った経木《きょうぎ》を小銭と交換した。

「佐平さんはまだよくならないんですね」

「うむ、少しずつ動けるようになっているのだが、無理はさせられないからな」

登一郎の言葉に、久松は、

「おやさしい主《あるじ》で佐平さんは仕合《しあ》わせだ」

と、目を細める。と、その目を戻して、そっとささやいた。

「そうだ、あとで文七《ぶんしち》さんが来ますぜ」

「なに、帰って来たのか」

へい、と久松は頷く。

「ま、すぐに来やすから。あ、けど顔を見て笑っちゃいけませんぜ」

そう言うと、久松はまた売り声を上げながら、歩き出した。

登一郎は横丁の端を見る。

あ、と口中で声を呑み込んだ。

文七が横丁に入って来る。天秤棒《てんびんぼう》を担ぎ、頬被《ほおかぶ》りをした煮売り屋の姿だ。

「煮売りぃ、煮豆ぇ」

声が上がる。と、二軒目の戸が開いて、男が出て来た。暦《こよみ》売りの新吉《しんきち》だ。煮物の売り買いをしながら、二人は顔を寄せ合って話をしている。

新吉と文七、久松は仲間だ。表の商売とは別に、裏で密かに読売《よみうり》を作って売っている。

読売は他愛のない話であれば、公儀も咎《とが》めることはしない。しかし、武家や御政道に関する内容は禁じられており、厳しく罰せられる。新吉らが作る読売は、その禁令に触れるものだった。

それを売っていた五月、役人に危うく捕まりそうになったのが文七だった。逃れたものの顔を見られたため、文七は匿《かくま》ってくれる寺に籠もったのである。顔を見られた以上、しばらく町を歩くのは危険と考えてのことだった。

しかし、そうだな、と登一郎は胸中《きようちゆう》でつぶやく。ふた月も経てば、役人の覚えも怪しくなってくるだろう……。

文七は新吉と離れ、こちらにやって来る。

登一郎は待ち構えた。

「煮売りぃ」

と声を張りながら、近づいて来る。と、登一郎は目を瞠《みは》った。

頬被りの奥から、文七がにやりと笑う。

「おはようございます」

「お、おう、おはよう」

登一郎はまじまじと顔を覗き込んだ。

以前は形のよい眉であったのが、薄くぼそぼそになっている。

へへ、と文七はその眉に手を当てた。

「毛を抜いたんでさ、面立《おもだ》ちが違って見えませんか」

「うむ、前とは別の顔のようだ」

「はい、寺に籠もってじっとしてたら肥えて顔も丸くなりましたしね、これならあの役人に会っても、すぐにはわからないはずでさ」

「そうさな、そのまますれ違ってしまうであろうな」

「へい」文七はしゃがむと、下に置いた箱の蓋を開けた。

「なんにしますか」中は何段にも仕切られていて、木箱が入っている。

「煮物を増やしました、小松菜のおひたしと蛤《はまぐり》の時雨煮《しぐれに》もあります。それと切り干し大根、五目豆……」

「ほう、全部、くれ。待て、鉢を持って来る」

家に戻ると、大きめの鉢を持って戻った。

「文七さんの五目豆が食べたかったのだ、多めにな」

「はい、毎度」

しゃもじで鉢に移していく。

登一郎はそれを覗き込みながら、小声でささやいた。

「これでまた、仕事ができるな」

へい、と文七は目で頷く。

「うずうずしてまさ」

二人は目で笑い合った。

第二章　奪われた形見

一

「おはようございます」

　柴崎正次郎が、戸口から顔を覗かせた。

「おう」と、登一郎は台所から小走りに行く。

「お早いですな」

「はい、すみません、龍庵先生が急病の呼び出しで出て行かれたので、わたしはこちらに……」

「いや、かまいません、長明も直に来るはず、さ、お上がりくだされ」

　すでに数回、蘭学の講義が行われていた。

晒の巻かれた脚を、正次郎はゆっくりと伸ばしたまま座る。そのようすに、登一郎は、

「いかがですかな、脚の具合は」

と、問うた。

「はい、痛みはずいぶん引きました。あとは時とともに、回復するのを待つばかりです」

ほう、と登一郎は頷いた。

「正次郎殿は、ずいぶんと江戸の言葉に馴染まれましたな」

言いつつ、味わいのある言葉が聞けないことに寂しさを感じる。が、正次郎は胸を張り、

「ああ、はい、さすがに毎日話していると、馴染んできます」

と、小さく笑った。そして、ふっと息を吐いてうつむいた。

登一郎はその顔を覗き込む。

「いかがされた……いや、江戸に着いて早々にそのような目に遭われたのだ、さぞかし不愉快ではあろうが」

「いや」正次郎は顔を上げる。

「隙のあったこちらの落ち度……ばってん……」正次郎は苦笑する。

「このばってんという言葉だけは、なかなか消えません……不愉快というよりは、わたしが悔いているのは、脇差しを盗られたことなのです。あれは父から譲り受けたものだったので」

む、と登一郎は口を結んだ。

「形見ということか」

「はあ、まあそのようなもので……ほかにはなにも残っていないものですから」

開いた掌を見つめると、それを閉じた。

「ううむ」登一郎は顔を歪めた。

「そのような大事な物であったか、いや、取り戻せなかったのはわたしの不覚、あの場に立ち会ったというのに」

「や、とんでもない、先生のせいなどではありません。わたしが若い頃に武術を怠《なま》けていたせいです」

首を振る正次郎に、登一郎は歪めたままの顔で問う。

「役人には届けたのだな」

「はい、翌日、龍庵先生が呼んでくださったので、話しました。ばってん、相手が誰かわからぬのであれば、取り戻すのは難しい、と」

ふうむ、と登一郎の眉間がさらに狭まる。

「いや」と顔を上げた。

「一人は左の頰に傷があった。もう一人は右の耳が潰れていたであろう」

「え、そうでしたか……わたしはいきなり襲われたもんで、相手の顔はまったく見ておらず……」

「む、それはそうか。よし」登一郎は膝を打った。

「それでは、わたしが脇差しを取り戻そう」

「取り戻す、とは、どのように」

「それは……これから策を練る」

「や、ばってん、そのようなことをしていただくわけには」

「なに、息子に蘭学を教えてもらっているお礼だ、お気になさるな。して、脇差しはどのような物であったか、特徴などを聞かせていただこう」

登一郎は文机を引き寄せると、筆を執った。

「はあ、では、拵《こしら》えは……」

正次郎が説明していく。

ふむ、と書き留めた登一郎は筆を置いた。

そこに「おはようございます」と長明の声が飛び込んで来た。

登一郎は「おう、来たか」と息子に頷くと、正次郎にささやいた。

「とにかく探してみるゆえ」

そう言って、席を息子に譲る。

「しっかり教わるのだぞ」

息子にそう言い残して、登一郎は外へと出た。日差しの下で、

「さて」と手にした紙を広げる。

「探すと言ってはみたものの……」

ゆっくりと歩き出しながら、顔を巡らせる。

そうだ、と開いた戸口へと向かう。

「清兵衛殿、おられるか」

「おう、上がられよ」

座敷の清兵衛はくるりと胡座《あぐら》を回した。

それに向かい合って、登一郎は紙を広げる。

「実はな……」

登一郎の話を聞いた清兵衛は、ふうむ、と腕を組んだ。

「そういうごろつきは深川《ふかがわ》や本所《ほんじょ》辺りに潜《ひそ》んでいることが多いな。川向こうのほうが逃げやすいし、探索の手も届きにくいと考えてのことだろう」

「なるほど」

「それと、脇差しならば古道具屋に売り飛ばされているやもしれん」

「おお、そうか」

膝を打つ登一郎に、清兵衛は片眉を寄せる。

「しかし、古道具屋と言っても山ほどあるからな、探すのはなかなかに難儀だ。まず、盗品を扱うような店を調べることだ。日本橋《にほんばし》や神田界隈《かいわい》は町奉行所のお膝元だから、胡散臭《うさんくさ》いものは買い取らん。探すならやはり本所深川、それに上野《うえの》や浅草《あさくさ》辺りだな」

「なるほど」再び、膝を打つと、登一郎は立ち上がった。

「よしわかった、行ってまいる」

草履《ぞうり》を履きながら、

「礼を申す、邪魔をした」

振り返る登一郎に、

「おう」

と、清兵衛は笑顔で頷いた。

人で賑わう浅草の道を、登一郎は曲がった。

裏の道でも、人は多い。江戸の者のみならず、江戸見物をする旅人は必ず浅草を訪れるからだ。特に浅草裏にある吉原《よしわら》には、多くの男が訪れる。そのため、土産屋を兼ねた古道具屋も数多くある。

小さな店を覗き込むと、おう、ここもだな、とつぶやいて入って行った。

中の棚には、鏡や文箱《ふばこ》、掛け軸や壺などが並んでいる。そして、店主が座る帳場《ちょうば》台《だい》の後ろには、匕首や短刀、脇差しなどが並べられていた。

「いらっしゃいまし」その店主が登一郎に口元だけの笑みを見せた。

「なにかお探しの物がおありですかな」

「うむ」と前に立つ。

「脇差しを探しているのだ。鞘は黒漆《くろうるし》で柄巻《つかまき》は紫」

「はあ、よくある物ですね」

「いや、鍔《つば》が違うのだ、馬が駆けている姿が透かし彫りになっている」

「ほう、馬ですか」

「うむ、そのような脇差しを、最近、持ち込んだ者はいないか」

主はちらりと後ろを見る。

「脇差し、は、三日ほど前に、ひと振り、買い取りましたが」

「そうか、見せてくれ」

身を乗り出す登一郎に、主は身をひねって脇差しを取り出した。

「ですが、鍔は馬ではありませんな」

差し示す鍔に、登一郎は肩を落とす。

「違うな……」

ここで五軒目だった。

「だが」と顔を上げる。

「売りに来る者はいるのだな」

「はあ、それほど多くはありませんが。吉原に上がったお人が、まあ、羽目《はめ》を外したんでしょう、付け馬をつけて売りに来ることなどもありますよ」

「ほう、そうなのか」

目を見開きつつも、登一郎は「邪魔をした」と背を向けた。

店をあとにして、吉原か、とつぶやく。町のならず者ならば、上がるのは岡場所であろうな……。

浅草を離れ、足は上野に向かう。

寛永寺《かんえいじ》のある上野の山は、浅草と同じく物見遊山《ものみゆさん》の人々が多い。近くの根津《ねづ》や湯島《ゆしま》には岡場所も集まっている。表の道には茶屋が並び、赤い前垂れ姿の娘らが呼び込みの高い声を競い合っていた。

そんな表から一本、横道に入ると、すぐに古道具屋が見つかった。

入った登一郎に、帳場の主が顔を上げた。

「はい、らっしゃいまし」

手にした煙管を磨きながら、上目《うわめ》で見る。

登一郎は歩み寄ると、口を開いた。

「最近、脇差しを売りに来た者はいないか」

「脇差し」主は手を止めて、首を振る。

「いませんねえ、短刀なら先月、買いましたけど」

「そうか」

息を吐く登一郎に、

「脇差しをお探しなんですかい」

と、首をひねる。

「うむ」返そうとした踵《きびす》を、登一郎は止めた。

「奪われた脇差しがあってな。もしや売られたのではないか、とこうして探しているのだ」

「なあるほどね」主は煙管を置いた。

「奪ったのはどんなやつですかい」

「ふむ、町のならず者、という体《てい》であった。若い二人組だ」

「若いならず者、か。確かに売ることもあるでしょうね。けど、若いやつなら、自分で使うかもしれませんや」

「む、そうか」

「ええ、打刀《うちがたな》（長刀）ならすぐに売っ払うでしょうが、脇差しならてめえで差せますからね」

打刀は武士にしか許されていないが、脇差しは身分にかかわらず持つことができる。

「なるほど」

登一郎のつぶやきに主は頷く。

「若いやつなら金がないから、持ってるのはせいぜい安い匕首だ。脇差しを盗ったんなら、もっけの幸いとてめえの物にしても不思議はありませんや。まあ、若さゆえに金をほしがるってのも考えられますんで、どっちに転ぶかはわかりませんがね」

うぅむ、と登一郎は唸る。

「確かに……いや、邪魔をしたな」

今度こそ踵を返して、店を出た。

歩き出しながら、空を見上げる。

やれやれ、そうたやすくはないか……。

二

佐平と向かい合った膳で、登一郎は小鉢を目で示す。

「うむ、この蛤の時雨煮は旨いな」

「はい」佐平も箸でつまみ上げる。

「文七さんが戻って来てようございましたね」

「まったくだ、煮豆もひじきも旨い」

頬を動かす登一郎に、佐平は頷く。

「今日もお出かけですか」

いや、と登一郎は首を振る。

「昨日、散々歩きまわったら、さすがに足が痛くなった。今日はやめておく。そうだ、針仕事でもするか。なにか繕《つくろ》う物はないか」

「いんえ、とんでもない」

佐平は身を反《そ》らす。と、「いてて」と背中を丸めた。

「繕い仕事なんて、なさらなくてけっこうです。治ったら、あたしがまとめてやりますから」

「ふむ、その顔は、わたしの腕を信用しておらぬな」

「そりゃ……いえ、先生は針など持ったことがあるんですか」

「ふむ、ないな」

「そうでしょうとも」

「いや、それゆえに覚えようと思ったのだ。そら、飯もこうして炊けるようになったではないか。まあ、今日のはちと芯が残ったが、昼と夜は湯漬けにすればよかろう」

「はい、時雨煮で湯漬け、いいですね。けど、腰もだんだんとよくなってきてますから、もう、これ以上、家仕事は覚えていただかなくてけっこうです」

「ふむ、そうか」

登一郎は佐平の歪んだ眉を見る。こやつ、教えるのが面倒だと思っているな……。

「なら、やめておこう」

はい、と佐平は面持ちを弛めて納豆汁を啜った。

「味噌汁はお上手になりましたね」

「うむ、味噌の塩梅《あんばい》と溶くコツがわかってきたのだ」

胸を張る登一郎に、はいはい、と佐平が頷く。

「けど」佐平が顔を上げた。

「火傷はしないでくださいね。あたしは寝込んでしみじみと身体の大事さがわかりましたんで。先生も足が痛いのなら、ちゃんと養生なすってくださいよ」

「そうさな、あとでゆっくりと湯につかってこよう」

登一郎は神妙に頷いた。


夕刻。

戸口に二人の人影が立った。

「登一郎殿、おられるか」

その声に、すぐに立ち上がった。

「おう、上がられよ」

入って来たのは清兵衛と遠山金四郎《とおやまきんしろう》だった。それぞれ、手に酒徳利《さかどくり》と包みを持っている。

金四郎は北町奉行だが、今月は月番ではない。町奉行所は、南と北でひと月ごとに月番が入れ替わる仕組みだ。月番でないあいだは門が閉ざされ、新しい訴えなどは受け付けない。それまでの訴えの調べは続くが、月番の時よりも、すこしはゆとりが生まれる。

「邪魔をする」上がって来た清兵衛は奥で伏せる佐平を覗いた。

「すまぬな、うるさくして。だが、今日は肴《さかな》も持参したし、なにも世話はいらぬゆえ、許してくれ」

「いえ、今、竈に火を」

起き上がろうとする佐平に、

「ああ、いらん」金四郎が手を上げる。

「聞いたぞ、腰を痛めたのであろう、酒は冷やでよい。なにもしないでくれ」

登一郎は佐平に頷いて、自ら膳を運んだ。

どれ、と清兵衛も手伝う。

「こうでもよかろう」

三つの膳を三角に置く。

二人が膳を囲むと、経木の包みを次々に膳の上で開いて、清兵衛が笑顔になった。

経木の中からは、魚の天ぷらや根菜を揚げた精進揚《しょうじんあ》げが現れた。

「どうだ」

清兵衛の言葉に、

「おう、十分、十分」と金四郎が頷く。

「これもあるぞ」

折り詰めの箱を置いて蓋を取る。中に並んでいるのは穴子《あなご》の握り寿司だ。

「ほう」と覗き込む登一郎に、金四郎が笑顔を見せる。

「華屋《はなや》という寿司屋の物だ。主《あるじ》の与兵衛《よへえ》がいろいろ工夫して作るのがたいそう人気でな、並ばねば買えぬのだ。だから、うちの用人を使いに出して買ってきてもらった」

「ほう」清兵衛も目を見開く。

「華屋の贅沢寿司というやつだな。噂には聞いてるが初めてだ、どれ」

つまむ清兵衛に続いて、登一郎も手を伸ばす。

柔らかい穴子が口中でとろける。

「ほう、これは旨い」

「そうであろう」金四郎も口に入れる。

「前に食べて気に入ったのだ、人気になるのがよくわかる」

うむ、それぞれに頷いてぐい呑みを手に取る。

「おう、酒にもよう合う」

清兵衛の言葉に、登一郎も続ける。

「真、口福《こうふく》というものだ」

ぐい呑みがすぐに空《から》になる。

それぞれに手酌をし、顔に赤味が差していく。

「いや、こうして外で酒を飲むのは久しぶりだ」

町奉行は奉行所の中の役宅に住むため、外出も容易ではない。金四郎は忙しさの愚《ぐ》痴《ち》をこぼし、二人はそれぞれに耳を傾けた。

「ところで」登一郎は口を開いた。

「矢部定謙殿が病との噂を耳にしたのだが」

うむ、と金四郎は頬を強張《こわば》らせた。

「聞かれたか、さすが登一郎殿、お城との糸は切れておらんのだな」

「病、なのか」

清兵衛も眉を寄せる。

登一郎は声を低める。

「食を摂られないそうだ。だが、病ではなく、自らの意志でそうしている、という噂があるのだ」

おう、金四郎も声を落とす。

「謂れなき罪を着せられ、改易にまで追い込まれた憤《いきどお》りで、食を断っているらしい、と城中でも広まりつつある」

「なんと」清兵衛が声を荒らげる。

「いや、その怒りはまっとう、気が収まらぬが当たり前だが」

うむ、と登一郎は口を歪める。

「矢部殿は水野様と鳥居耀蔵、それに榊原忠義《さかきばらただよし》の三人はどうしても許せぬ、と言うていた」

「榊原というのは目付だったな」

清兵衛の問いに、頷く。

「そうだ、水野様と鳥居耀蔵に取り入ったのだろう。加担して冤罪を作り上げたのだ」

「ふん」と、金四郎が鼻を鳴らした。

「出世のためなら道義など屑《くず》のように捨てて恥もねえ……役人の醜さには今さらながらに反吐《へど》が出らあ」

若い頃、町衆と遊んでいた金四郎は、言葉にもべらんめえが混じる。

「やはり」と登一郎は腕を組んだ。

「食断ちをなさっておるのかもしれんな」

「おう」金四郎が頷く。

「なにを出しても箸をつけないそうだ。おまけに、身体は弱っているにもかかわらず、横になることもせずに、夜は柱に寄りかかっているらしい。強い意志でしているとしか思えん」

「くそう、腹が立つ」清兵衛も金四郎とともに町人と遊んだ仲間だ。

「幕臣だ、重臣だと威張ってやがるくせに、やってることは町のごろつきより質《たち》が悪いぜ」

「おう」登一郎もつられる。

「大義を捨てた武士は、恥をも捨てるということだ……しかし……」

天井を仰ぐ。

「矢部殿はどこまでするおつもりなのか」

「うむ、抗議の意を示して気がすめばよいのだが……」

金四郎のつぶやきに、三人は目顔を交わし合う。

よもや、と口に出かかった言葉を登一郎は呑み込んだ。

金四郎と清兵衛も、同じように喉を動かした。

くうっと、金四郎は歯がみをする。

「なにもできんのが、口惜《くちお》しいことだ」

うむ、と登一郎も清兵衛も頷き、三人は勢いよく酒を呷《あお》った。

三

大川《おおかわ》（隅田川《すみだがわ》）に架かる永代橋《えいたいばし》を渡って、登一郎は深川の町を進んだ。永代寺と富《とみ》岡八幡《おかはちまん》がある深川は、上野浅草のように多くの人が訪れる。深川の岡場所は吉原につ いで、男達に人気がある花街だ。米問屋などが並ぶ一画もあり、木場《きば》も近いため、そこで働く威勢のいい男らが行き来する。が、なかには、遊び人らの姿もあった。昼間からぶらぶらと、身体を揺らして歩く男達だ。

そんな道を歩きながら、登一郎は小さな店に目を留めた。お、古道具屋だ、入ってみるか……。

しかし、すぐに肩を落として店を出た。

〈脇差しの買い取りですかい、ありやせんね〉

そう言った主の声はそっけなかった。

表の通りを進んで、登一郎は足を止めた。

永代寺と富岡八幡宮が並ぶ広い境内へと向きを変える。参道は賑やかで、多くの屋台も並んでいる。

急ぐふうもなく歩く若い男らに、登一郎は目を向けた。傷のある頬や潰れた耳はないか、と目を凝《こ》らす。と、同時に腰も見る。細い帯に匕首や脇差し、短刀を差している者も多い。

お、と登一郎は目を動かした。横を追い抜いていった男が、脇差しを差している。鞘は黒漆だ。

登一郎は足を速め、その横に着いた。

鍔を見る。それは、透かし彫りではなかった。

違ったか……。登一郎はそっと離れる。

その足で永代寺の庭に進んだ。手入れの行き届いた庭には池がある。

近くの木立の下に、若い男らが数人座る姿があった。

そちらに近づいて行く。男らの遠慮のない大声が聞こえてきた。あけすけな色事《いろごと》の話だ。嘘か真かわからない自慢話を競い合っている。

斜めに向けた目で、男らの顔を探る。頬と耳……。胸中でつぶやく登一郎は、あっと息を呑んだ。知った顔がある。

久松さん……。思わず足が止まる。

と、久松もこちらを見た。

宙で目が合う。

が、すぐに久松はそれを逸《そ》らした。

男の一人が、振り向く。立ち尽くす登一郎に、あん、と声を漏らした。

「なんでい」

そう低い声をこぼすと、ほかの者らも顔を向けた。

登一郎はゆっくりと足を踏み出した。

少し離れてから、ほう、と息を吐く。振り向きたいが、振り向いてはいけない、と自分に言う。

おかげで皆の顔は見ることができた……。が、傷のある頬も潰れた耳もそのなかにはなかった。

だいぶ離れてから、登一郎は小さく振り返った。

しかし、久松さんがいるとは……もしや、仲間なのか……。

そうつぶやきながら、歩き出す。と、すぐに、いや、と首を振った。

そうだ、町で話を聞き集めていると言っていたではないか、そのためのつきあいに違いない……。

永代寺を通り過ぎ、富岡八幡へと向かう。ここの参道や境内にも、遊び人ふうが多い。横目で見ながら歩いていると、背後から声が飛んできた。

「先生」

早足で来るのは久松だった。

「おう」

向き合うと、久松はにっと笑った。

「いや、びっくりしやした、こんな所で会うとは」

「うむ、わたしも驚いた。思わず見つめてしまったのは不覚であったな、すまぬことをした」

「いんや」久松は笑う。

「大丈夫でさ。あいつら、まさかあっしが御武家さんと知り合いだなんて思いやしませんぜ……と、ここではなんだ」

久松は目で社《やしろ》の背後を示す。奥には人けの少ない緑の杜《もり》が広がっている。

久松がスタスタと歩くあとを、登一郎は間合いをとって付いて行った。

木々の中に入ると、二人は近寄った。

久松はにっと笑う。

「で、どうしたんですかい、お参りって風情《ふぜい》じゃありやせんね」

「さすがだな」

苦笑しつつ、登一郎は改めて久松を見た。町に詳しいのだから、頼りになるのではないか……。

「いや、実はな……」

正次郎が脇差しを盗られたことを話すと、久松は口を尖《とが》らせた。

「へえ、そいつは災難なこって」

「うむ、で、その盗られた脇差しを探しているのだ。盗人《ぬすっと》二人が持っているやもしれん。久松さんは見覚えがないか。一人は左の頬に斜めの傷があって、目はぎょろ目だった。顎が張っていて眉が濃かったな。もう一人は右の耳が潰れていて、顔は細面《ほそおもて》、鼻が尖っていて、唇が薄かった。二人とも悪そうな顔つきをしていた」

「や、ちょっと待ってくだせえ」久松は笑い出す。

「盗人なんざ、みんな悪そうな顔をしてやすぜ。それに、そういっぺんに言われても覚えきれませんや」

「む、それはそうか」

「いや、あっしは新吉さんらと違って物覚えが悪いもんで、すいやせん。今の人相、書き留めてもらえればおつむに入れられまさ」

「お、そうか、では書いておこう。明日の朝、渡す」

「へい、そしたらあっしも手伝いができるってもんで」

久松はにこりと歯を見せると、「そんじゃ」と背を向けた。

おう、と見送った登一郎は、間《ま》を置いて杜を歩き出す。

よし、では帰って人相書きを作るとしよう……。考えながら、杜を歩く。

顔や姿を言葉で列記した人相書きは、お尋ね者探しに町奉行所がよく張り出す物だ。

あ、いや、と登一郎は足を止めた。そうだ、いい手があるではないか……。

そうつぶやくと、踵を返して、杜を逆に抜けた。


大川を上流に向かって進み、登一郎は両国橋《りょうごくばし》を渡った。

橋詰めは広小路になっており、辺りには多くの店がある。

登一郎は菓子を売る店を覗いた。

ふうむ、と並んだ菓子を見て口を曲げる。以前に比べて品数が少ない。贅沢を禁じる法令は菓子にも及び、羊羹《ようかん》や小豆《あずき》を使った練《ね》り物などは禁じられて店先から消えた。豆餅《まめもち》や落雁《らくがん》などの素朴な物ばかりだ。

登一郎はおみねの顔を思い浮かべて小首をかしげる。こういう物が好きかどうか、わからぬな……。

おみねは新吉の女房だ。絵が上手で、新吉の作る暦にいろいろな絵を描いている。その腕は読売にも発揮され、花を添えている。

登一郎は店をひと通り見ると、また広小路に戻って来た。

屋台だけでなく、見世物の芸人も出ており、人で賑わっている。三味線を弾く者や人形を動かす者、手妻《てづま》（手品）を見せる者など、それぞれの前に見物客が集まる。

おや、と登一郎は目を向けた。独楽が宙に飛んだからだ。

飛ばされた独楽は落ちて、扇子《せんす》で受け止められた。立てた扇子の上で、回り続ける。

その扇子を持つ男に、登一郎は思わず近寄って行った。

あの折の男ではないか……。清兵衛の家にいたとき、隣の銀右衛門に金を借りに来ていた男だった。そういえば独楽回しだと言うていたな、腕は治ったのだな……。

横丁から出て行った折の姿は、背中を丸めて力がなかったが、今は背筋を伸ばし、地面を踏みしめて立っている。

独楽回しはゆっくりと扇子を開き始めた。独楽は回ったままだ。

扇子が開いていっても、薄い紙の上で独楽は回り続ける。

開ききると、「おお」と見物客から声が上がった。一枚の紙の上で、独楽は回り続ける。

独楽回しは満面の笑みを客に向けた。

やんやのかけ声が上がる。

扇子はゆっくりと閉じられていく。

元どおりに閉じられ、独楽回しは再び独楽を宙に放り上げた。落ちてきた独楽を、今度は手で取った。

客らが歓声を上げた。と、後ろにいた女が、箱を持って進み出た。

ほう、女房か……。登一郎は懐に手を入れた。

客らが箱に銅銭を投げ入れていく。

登一郎もつかんだいくつかの銭を放り込んだ。

「ありがとうござんす」

独楽回しも女房も、皆に笑顔で会釈をしている。

登一郎は目元を弛めながら、背を向けて歩き出した。

人は得意なことをするのが、一番よいのだな……お、そうだ……。手を打つと、足を日本橋のほうに向けた。

筆がよい……おみねさんはきっと喜ぶはずだ……。

文具の店を思い出しながら、日本橋へと急いだ。

四

「なっと、なっとー」

近づいて来る久松の姿を、登一郎は家の前で待ち構えていた。

「おはようごぜえやす」

にっと目で笑う久松を、登一郎は手で家に招き入れる。

「入ってくれ」

へい、と土間に入った久松に、登一郎は置いておいた紙を手に取った。

紙には横に並べて二人の顔が描かれている。

「おっ、こりゃ」

目を見開く久松に、登一郎が頷く。

「おみねさんに頼んで絵にしてもらったのだ」

頬に傷のある男と潰れ耳の男だ。

「へえ」久松はじっと見入る。

「これなら、わかりやすくていいや」

「おう、そうであろう、持って行ってくれ」

「いんや」久松は首を振って、紙を登一郎に付き返した。

「こんなもんを持ち歩いていて、もし、町のもんに見つかったら面倒なことになっちまう。もう、目で覚えたからいりませんや」

「む、そうか」

受け取る登一郎に、久松は頷く。

「へい、口でべらべら喋られると覚えらんねえけど、目で見りゃ一発だ。人相はわかりましたぜ」

久松は頷く。が、その顔を上に向けた。

「けど、深川で見かけたことはねえな。根城《ねじろ》は上野浅草、本所か亀戸《かめいど》、いや、千住《せんじゅ》か品川《しながわ》辺りから来てっかもしんねえな」

「そんな遠くからも来るのか」

「へい、悪いことするやつは地元じゃやりゃしません、すぐに足が付きやすからね。神田界隈でやるのは、わざわざ足を伸ばして来るのが多いんでさ。馬喰町の宿に旅人がいっぱい来ますからね。なかにゃ、内藤新宿《ないとうしんじゅく》や板橋宿《いたばししゅく》なんぞから遠征して来るやつらもいるくらいで」

「なんと」登一郎は身を反らす。

「そんなに広くては、とても探しきれぬではないか」

目と口を開ける登一郎に久松は、「いんや」と笑顔を見せた。

「どこもあっしは行ってますんで、心配はいりやせん」

「えっ、久松さんはそれほど歩き回っているのか」

「そうでさ」声をひそめる。

「読売の種はどこに転がってるか、わかりませんからね。足を惜しんじゃいられませんぜ」

ふうむ、と登一郎は唸る。

「その心構え、大したものだ」

いやぁ、と久松は胸を張る。

「ま、まかしてくだせえ、なにかわかったらすぐに知らせまさ」

とん、と胸を叩くと、外へと出て行く。

登一郎は感心した面持ちでそれを見送るが、あっ、とそのあとを追った。

「待ってくれ」

「へっ、まだなにか」

「刻み納豆をくれ」

朝餉の膳を片付けていると、

「おはようございます」

と、正次郎の声が響いた。

「おう、お上がりくだされ」

台所の土間から首を伸ばして、登一郎が応える。

「お邪魔をいたします」

正次郎が上がる気配が伝わって来た。

器を片付けた登一郎は、襷を外しながら座敷に上がった。

正次郎は顔を上げる。手には先ほど久松に見せた人相絵があった。

「これは」

ああ、と登一郎は向かいに座る。

「例の盗人の顔を描いてもらったのだ。江戸中を、いや、江戸の外まで歩く者がいるので、見かけたら教えてくれ、と頼むためにな」

「ほう……あの二人はこのような顔つきだったのですか」

「うむ、覚えている限りを言って、絵にしてもらったのだ。これなら、見ればわかるというもの」

へえ、と正次郎は眼前に絵を掲げた。

「大したものですね」

「そうであろう、おみねさんに書いてもらったのだ。そら、龍庵殿の斜め向かいの家があろう。そこの新吉さんは暦を作って売っているのだが、女房のおみねさんは絵が上手で、暦に添えているのだ」

登一郎はにこりとする。読売のことは秘密だ。

「ほう、そうなのですか」

正次郎は感心して見つめる。そこに、

「おはようございます」

と、長明が入って来た。

「おう、来たか」

登一郎は絵を受け取って、立ち上がった。

「しっかり教えていただくのだぞ」

「はい、阿蘭陀の文字をずいぶんと覚えました、ご覧になりますか」

長明は手にした風呂敷包みを開く。

「ああ、またの日に見せてもらおう。今日はこれから洗濯だ」

登一郎は土間へと行く。銀右衛門の娘のおさとの姿を見かけていたためだ。

手伝ってやらねば……。そう胸中でつぶやきつつ、登一郎は己に苦笑した。いや、あの笑い声が聞きたいのかもしれぬ……。

丸めた襦袢と手桶を持って、登一郎は井戸へと向かった。

そこにはおさとの姿があった。

「あら、おはようございます」

笑顔を向けるおさとの横に並んで、登一郎も洗濯を始める。すぐに揉み洗いを始めたが、その手を止めた。

「おっと、まずじっくり浸すのだったな」

盥から手を出した登一郎に、おさとは笑顔で頷く。

「ええ、そのほうが無駄な力を使わないですみます。生地《きじ》も傷まずに一石二鳥ですから」

ふうむ、と登一郎はその横顔を見た。なかなかに賢《かしこ》い子だ……。

登一郎はゆっくりと手を動かしながら、口を開いた。

「銀右衛門さんは、家によく帰るのか」

「いいえ、もう、三年も戻ってません」

きっぱりと言うおさとに、ううむ、と登一郎のほうが声を曇らせた。

「それは……離縁をしたということなのか」

「いいえ」

　また即座に答えが返った。が、そのあとに少し間があき、顔をこちらに向けた。

「おっかさんはあたしに離縁してもかまわないって言ってるんですけどね、おとっつあんはそういうつもりがないみたいなんです」

「ほう、そうなのか」

「ええ」

　おさとは勢いよく父の襦袢を揉む。それを絞ると脇の桶に掛けて、濁った水を下水に捨てようと盥に手をかけた。

「お、手伝おう」

　盥の底を持って、持ち上げる。

「ありがとうございます」

　にこりと向ける笑顔に、登一郎もつられる。その手で井戸の水汲みも手伝った。

　すすぎ洗いを始めながら、おさとはつぶやく。

「うちのおっかさんは煮炊きが上手なんです。里芋や大根も柔らかく煮るし、鰯《いわし》や鯵《あじ》だって、それはいい味に煮付けるんですよ。海老《えび》や鱚《きす》の天ぷらまで作っちゃうくらいで」

「ほほう、それは大したものだ、料理人のようだな」

「ええ、自慢のおっかさんなんです。なのに……」

おさとは口を尖らせた。

登一郎はその口が動くのを待つ。

「なのに、おとっつぁんたら」おさとがこちらを向いた。

「かわいげがないんです」

「かわいげ……」

首を反らす登一郎に、おさとはふっと笑った。

「そう、素直じゃないんですよ。おとっつぁんはありがとうもごめんなさいも言えないんです。そんなだから、おっかさんが美味しい料理を作っても、なあんにも言わずにただ食べるだけで」

「ほ、ほう」

登一郎はそっと唾を飲み込んだ。屋敷で暮らしていた頃の己を振り返る。妻にそのような言葉をかけたことがあったろうか……。なにかをしてもらっても、うむ、というのが返事だった。いや、それでよい、ご苦労、くらいは言っていたぞ……。思い出すにつれ、喉元が締まってくる。素直でない、かわいげがない、という言葉が耳に揺れる。

「おっかさんは」おさとが襦袢を振る。

「なにを作っても張り合いがないって、子供だったあたしに文句を言ってました。あたしはおっかさんが喜ぶように、美味しいって言ったりお替わりをしたり、気を遣ってたのに、おとっつぁんはなあんにも言わないままで。そのうちに、おっかさんもふくれっ面《つら》になって……きっと愛想《あいそ》が尽きたんでしょう」

「ふうむ、そうか」

「ええ、おとっつぁんとは口も利《き》かなくなっちゃいました。もともとおとっつぁんは無口だから、もう、家の中は北風が吹いたみたいになって……子供ながらに居心地が悪くて」

　肩をすくめて苦笑するおさとに、登一郎も苦笑を返した。上手い言葉は見つからない。

　おさとは襦袢を手に立ち上がった。丸めた襦袢を両手でぎゅうと絞る。

「そのうち、おとっつぁんがここに家を借りて、居ずっぱりになっちゃったんです。おっかさんは機嫌がよくなったんで、あたしは助かりましたけど」

　おさとはまた水を取り替え、最後のすすぎにかかった。

　おさとは手を動かしながら、つぶやく。

「けど、ほんとはおとっつぁん、おっかさんの煮物が好きなんですよ」

「ほう、そうなのか」

「ええ、煮売りのお菜を食べながら、味が薄いだのしょっぱいだの、ぶつぶつ文句ばかり言ってるんだもの。まあ、あたしも大人になってわかったんですけどね、素直じゃないから、ただ意地を張ってるだけなんです」

うむむ、と登一郎は思わず胸に手を当てそうになる。が、濡れていることに気づいて、手を離した。

「なれば……おっかさんのほうはどうなのだろう」

ううん、とおさとは小首をかしげる。

「おとっつぁんが素直になれば、おっかさんも変わるのかな……」

そうか、と登一郎はおさとを見る。

「なれば銀右衛門さんの本心を、おさとちゃんが伝えてやればよいのではないか。おっかさんの煮物を食べたがっている、と」

ええっ、とおさとは顔を歪めた。

「嘘をつくなんていや……おとっつぁんが言えば伝えるけど、言ってもいないことは言えません」ぷうと頬をふくらませる。

「そもそも、口に出さないからだめなんだもの。それを人が代わりにやったって、ほんとの情は通じないじゃないですか」

顎を上げるおさとに、ううむ、と登一郎は頷く。

「確かに、そのとおりだな」

おさとは襦袢を手に立ち上がる。再び絞ると、ぱん、と広げた。

「よし、干すのだな」

登一郎は物干し竿を外して差し出す。

袖を通して広げると、おさとは笑顔になった。

「ありがとうございます、助かりました」ぱんぱんと手を打つ。

「さあて、お小遣いお小遣い」

おさとはそう笑うと、ぺこりと礼をして駆け出した。

登一郎はその背中を見送って、また盥にしゃがんだ。と、苦笑が漏れる。素直じゃない、か、まいったな……。

ざぶざぶと音を立て、水が顔に飛んだ。

それを拭いていると、横から堅い足音が近づいて来た。

杖を突いた正次郎が脇に立った。

「おう」と登一郎は立ち上がる。

「講義は終わられたか、御苦労でござった。愚息《ぐそく》ゆえお手間をおかけしていることであろうが」

「いえ、とんでもない。あの……」

神妙な面持ちになった正次郎に、登一郎は、ん、と首を伸ばす。

「なにか」

「はい、わたしも絵をお願いすることはできるでしょうか」

「絵、とは、おみねさんに、ということか」

「ええ、実は……わたしの顔を描いてほしいのです」

ほう、と登一郎は正次郎を見て、その目を新吉とおみね夫婦の家に向けた。ううむ、と心中で唸る。家に連れて行くわけにはいかぬな……。

読売を作っていることは秘密なため、新吉は横丁の者以外は、家に上げない。

いや、と登一郎はつぶやいた。うちに来てもらえばよかろう……。

「ふむ、訊いてみよう」

「はい、お願いします」

頭を下げる正次郎に、登一郎は微笑んで頷いた。

龍庵の家に戻って行く正次郎の後ろ姿を見ながら、登一郎は小首をかしげた。しかし、自分の顔とは……。思わず己の顔を撫でる。首をかしげつつ、盥へと戻った。

五

翌日。

昼餉の片付けを終えた登一郎は、戸口へと目を向けた。

二歳くらいの男児が土間に入り込んでいた。

だあだあとなにやら声を出しながら、手にした玩具を振り回している。

「おう」

登一郎は土間に下りて子を抱き上げた。お縁《えん》さんの家から来たか……。

向かいの家のお縁は子の預かりを仕事にしている。

外に出ると、お縁とその隣の利八《りはち》が立ち話をしていた。利八は口利き屋だ。

「あら」お縁が子を抱いた登一郎に気づいて、慌てる。

「すみません、そちらに行ってしまいましたか」

ややや、と利八も下を見る。

「今し方、ここにいたというのに」

ははは、と登一郎は二人に近寄っていった。

「幼子は案外、動きが速いですからな」

腕を伸ばしたお縁に渡しながら、利八を見た。

「利八さんの口利きですか」

「ええ」利八が声を低める。

「芝居茶屋の子なんですよ。店を閉めたせいで家内も立ちいかなくなって、この子をよそに出すことにしたんです」

芝居茶屋は芝居小屋の周辺にたくさんあった店だ。芝居の席を取ったり、座敷を貸して料理を出したりする茶屋だ。

しかし、昨年、芝居小屋が二軒、火事で焼け落ち、周辺の芝居茶屋にもその火災は及んだ。さらに、公儀はこの際に芝居小屋を廃止しようと動いた。それを阻止したのは、自らも若い頃に芝居小屋に出入りしていた遠山金四郎だった。

焼けた芝居小屋は日本橋からほど近い堺町《さかいちょう》や葺屋町《ふきやちょう》にあったが、それを江戸の町外れとなる浅草近くに移すことで許せばよい、と意見をし、受け入れられたのだ。だが、芝居小屋の規模は小さく制限された。

そうした芝居小屋の移転に伴い、芝居茶屋も移ることになった。が、移転をあきらめた店も少なくなかった。公儀から開店の許しを得ることができなかったり、金の工面ができずにあきらめた者もいたためだ。

「ふうむ」登一郎は眉を寄せた。

「それで利八さんに託されたのだな」

「ええ、養い親の心当たりはあるんで、預かりました。けど、そちらに渡すまで、あたしでは面倒を見きれないので、お縁さんにお願いしたわけで」

ええ、とお縁は抱いた子を揺すりながら微笑む。

「この子は人なつっこいから大丈夫。どこのおうちに行っても、かわいがられますよ」

ふむ、と登一郎も頭を撫でた。子はにこにこと笑う。

「先生」

利八が目顔で、背後を示す。

振り返ると、家の前で杖を突いた正次郎がこちらを見ていた。

「お、いかん、では」

登一郎は踵を返す。八つ刻《どき》（午後二時）過ぎに来てくれと、言ってあったのだ。

「すまん、さ、中へ」

登一郎が促すと、正次郎はそれぞれの家に戻って行く利八とお縁を振り返りながら、戸口に入った。

「おみねさんも直に来るはずだ」

登一郎は座敷へと招く。

「あの子は」ゆっくりと腰を下ろしながら、正次郎は顔を上げた。

「向かいの家の子ですか。母御はちと歳がいっているようでしたが」

ああ、と登一郎は向かい合って座る。

「あの人はお縁さんといって、子の預かりを生業《なりわい》としているのだ」

「預かり、とは、いずれ返すのですか」

「ううむ、返すこともあるし、よその家に渡すこともある。先ほどの子は……」

聞いた話を伝える。

「なんと」正次郎は語気を強めた。

「それでは、あん子は捨てられたとですか」

「いや」登一郎はいきなりの国言葉に戸惑いつつ頷く。

「まあ、手短に言えば、そういうことになるが」

「捨て子とは……江戸ではそげんこつがまかり通っているとですか」

ううむ、と登一郎は腕を組む。

「江戸では昔から捨て子が多いのだ。武家屋敷や寺の門前に捨てられることもあるのだが、そうした子はそこで養われることが少なくない。だが、町中の橋のたもとや稲荷《いなり》などに捨てられる子もいてな、御公儀は手を打ったのだ。町名主《まちなぬし》が養い親などを探すように、とな。決して、見捨てているわけではない」

むうと、眉を寄せる正次郎に、登一郎は続ける。

「飢饉などが起きれば子捨ても増えるゆえ、そのたびに、対応はしているのだ。まあ、それは、どの国でも同じことであろうが」

「はあ、確かに……」正次郎は眉を戻した。

「六年前の飢饉の折には、九州でも捨て子が増えよりました」

「うむ、まあ、今は飢饉のせいではないがな。質素倹約令のせいで町の暮らし向きが厳しくなっているのだ」

「例の奢侈禁止令ですか」正次郎が拳を握る。

「水野様が次から次へと出しよるお触れのせいで町の人らは暮らしに困り、あげくに捨て子まで……」

眉が上がり、目が見開かれる。

登一郎はその眼を見つめた。この怒気《どき》はどこからくるのか……触れてよいものなのか……。

言葉を探す登一郎に気づいて、正次郎は咳を払った。

「ああ、すみません」大きく息を吸う。

「つい……」

顔を伏せながら、深い息を吐いた。

「まあ、しかし」登一郎は真顔になった。

「子を手放すというても、顔の広い医者や口入れ屋に養い親を探してもらう親も多い。ここの利八さんも人への口利きを生業としているゆえ、子を託されたのだ。子を思う親の情ゆえであろう」

「ばってん」正次郎は小声でつぶやく。

「子捨てには違いなか」

ううむ、と登一郎は天井を仰ぐ。

そこに、高い声が響いた。

「ごめんくださいまし」

おみねが戸口に立っていた。

「おお」登一郎は腰を浮かせて、手を上げる。

「待っていた、さ、上がられよ」

手招きに、

「では、お邪魔を」

おみねが上がって来る。

二人を引き合わせると、向かい合ったおみねと正次郎は会釈をしあった。

おみねは笑みを浮かべた。

「龍庵先生の所にいらっしゃる方ですよね、前を通るお姿をお見かけしてます」

「あ、そうでしたか、挨拶もしませんで、失礼しました」

正次郎も面持ちを弛めた。お国言葉は消えていた。

登一郎は文机をおみねの前に置き、文箱を開けた。硯《すずり》にはすでに墨を磨ってあった。

「さ、これをお使いなされ」

「はい」とおみねは袂《たもと》から筆を取り出す。

「いただいた筆、とても使いやすいので持ってまいりました」

「おう、それはよかった」

　登一郎は向き合う二人に、間を置いて座った。

「で」おみねは正次郎を見る。

「お顔を描けばよろしいんですか」

「はい、ですが」正次郎は唾を飲み込んだ。

「このままの顔ではなく、少し変えてほしいのです」

「はあ、どのように」

　小首をかしげるおみねと同じく、登一郎も首を曲げた。自分の顔を描いてほしいのではないのか……。

　正次郎は顔に手を当てて身を乗り出す。

「まず、この顔よりも歳は五つ上、目はわたしよりも少し大きめで、鼻の形は同じです、が、顎はわたしよりもしっかりして……あ、あと、頭は月代《さかやき》があるはず」

　自分の総髪に手を当てる。

「月代」とおみねはつぶやいて小首をかしげる。

「町人ですか、お侍ですか」

　月代は同じでも、侍と町人では鬢《びん》の結《ゆ》い方が異なる。

「侍です」

正次郎の答えに、おみねは頷きながら筆に墨をつけた。

筆を持ったまま正次郎の顔をじっと見つめると、すっと息を吸って、筆を下ろした。

白い紙に線を引く。あとは、顔を見ながら、線を延ばしていく。

登一郎は脇からその絵を見つめた。

おみねは時折、筆を止めて考えながらも、再び線を描く。

正次郎は首を伸ばして覗き込み、頷く。

墨の線はやがて男の顔を描き出した。

ほう、と登一郎は目を瞠る。正次郎の顔とよく似ているが、確かに少し年上に見えるな……。

おみねは筆を止めた。

「どうですか」

「うむ」正次郎が身を乗り出すと、まじまじと絵を見た。

「けっこう。思うたとおりの顔です」

頷く正次郎に、おみねはほっとした笑顔になる。

絵を手に取った正次郎はそれを目の前に掲げる。

登一郎はその横顔に、口を開きそうになった。それは誰か、と問う言葉が喉まで上って来ていた。が、正次郎の真剣な眼差しにそれを呑み込んだ。

軽々《けいけい》に問うてはならぬこともある……。登一郎はそう己につぶやいていた。

第三章　ごろつき探し

一

朝餉の後片付けを終えた登一郎は、竈の上から湯気の立つ鍋を持ち上げると、土間に置いた盥に湯をあけた。張っていた水と混じって、湯気が薄くなる。手を入れた登一郎は振り返って佐平に声をかけた。

「ちょうどよい湯加減だ、さ、使え」

「ええっ」と這いずりながら、佐平は目を剝いた。

「なにをしているのかと思ったら……」

「そなたの行水《ぎょうずい》だ、早く入れ。竈に火をおこしたついでに、湯を沸かしておいたのだ」

「ああ……けど、身体は拭いてますし、信介さんも鍼灸のときに背中を拭いてくれてますんで……」

「それはそれ、さ、早くせねば冷めるぞ」

登一郎の呼びかけに、佐平は慌てて着物を脱いだ。

座敷に上がる登一郎と入れ替わりに、佐平はよたよたと土間に下りて、盥に足を入れる。

「ああ、あったかい」

「うむ、気持ちよかろう、さっぱりもするぞ」

はい、と佐平は湯にしゃがみ込む。

「ほんとだ、気持ちいい」

はあ、と息を吐く佐平の背中に、登一郎は目元を弛ませた。手拭いで身体をこする佐平の手を見つめながら、口を開いた。

「佐平の炊く飯は旨いぞ」

「はっ」佐平は首をひねって振り向いた。

「なんです、やぶからぼうに」

「ふむ、自分で飯炊きをしてみて、つくづくとそなたの炊く飯は旨い、とわかったのだ。それを伝えたくなった」

　はあ、と顔を戻して、佐平は肩をすくめた。

「あたしは台所仕事が長いですからね……けど、そう言ってもらうと、なんだかうれしくなりますね」

「そうか」

「ええ、また飯炊きができるように、早く治そうって気になります」

「いや、急《せ》かしているわけではないぞ、ぶり返してはいかんから、養生はゆっくりとするがよい」

　はい、と後ろ姿で佐平は頷く。

「あの……ありがとうございます」

「なあに」登一郎は笑う。

「行水の用意などたやすいこと。その盥はな、井戸端から拝借して来たのだ、内緒だぞ」

「いえ、これだけじゃなく……」小さく振り返る。

「あたしは寝込んじまってから、お払い箱を覚悟したんで……働けないからお屋敷にも戻れないし、かといって行く所もないしで、どうしたもんかと……」

「なんだ、またそのようなことを考えていたのか……」

登一郎は佐平の丸めた背中を見つめる。小さくなったように見える。

「心配は無用だ、追い出したりなぞせぬ。腰を痛めたのも、日頃からよく働いているゆえではないか。それくらいのことはわかっておるわ」

え、と大きく振り返る佐平に、登一郎は苦笑した。

「いや、実は己でいろいろとやってみて、腰を痛めるのも無理はないと、感じ入ったのだ。まあ、それに、うちの妻《さい》ならわかっていよう。屋敷に戻ったとしても、照代はお払い箱になどせん」

はあ、と佐平は顔を元に戻した。

「さいですね、奥方様はおやさしいお方ですし……」

佐平は顔を伏せると、湯で洗った。その湯を滴らせながら、今度は上体をひねって振り返った。

「あったまったら、腰の痛みもだいぶ楽になってきました。ありがとうござんす」

そう言うと、ゆっくりと立ち上がった。

「もう上がるのか」

「はい、せっかくあったまったんで、冷めないうちに」

そうか、と登一郎は土間に下りる。乾いた手拭いを渡し、浴衣《ゆかた》を広げた。

向かい合ったそれぞれの顔に、笑いが浮かんだ。

「よし」と登一郎は湯気の薄まった盥に手をかける。

「では、盥を戻しに行こう」

座敷に立った佐平は、出て行く背中に声をかける。

「気をつけてくださいよ」

おう、と登一郎は首を振った。

盥を返して表から戻ると、登一郎はおっ、と足を速めた。戸口の前に新吉と文七が立っている。

足音に顔を向けた二人が、

「おはようございます」

と、声を揃える。

「うむ、二人お揃いとは珍しいな、さ、中へ」

登一郎は戸口の土間に誘い、上がるようにと手で招く。

「ああ、ここでけっこうです」

二人は上がり框《かまち》に腰を下ろしたために、登一郎はその前に立った。

「おみねと久松に聞いたんです」新吉が顔を上げた。

「なんでもごろつきを探しているとか、あたしらにもおみねの描いた絵を見せてもらえませんか」

え、と登一郎は二人を交互に見た。

「や、しかし、ただの物盗りで、読売の種になるほどの話ではないぞ」

「いえ」新吉は首を振る。

「話のネタにしようってんじゃありません。盗られたのは形見の脇差しって聞いたんで、力を貸そうと思ったんでさ」

「ええ」文七が頷く。

「ったく、町のごろつきどもは質が悪すぎる。江戸に来た旅人を襲うなんざ、前々から許せないと思ってたんですよ」

ほほう、と登一郎は目を開いて二人を見た。

「そうなのか、二人は御政道にばかり関心があると思うていたが」

「ああ、そりゃ」新吉が苦笑する。

「そっちはもちろん、読売の大ネタです。けど、町衆を苦しめるってことでは、ごろつきもおんなじですからね」

「そうそう」文七が続ける。

「あたしらはどっちも放っておけないと思ってるんです。だから、困っているお人がいたら、じっとしていられないんで。目の前の一人を助けられなきゃ、悪政から町人らを助けるなんざ、無理なこってすからね」

「そうでさ」新吉が腕をまくる。

「お城のお偉いさんは、町人とまともに話したこともないくせに、ああせいこうせいと押しつけやがる。だから、町衆は不自由をするし不満を募らせるんで……けど、だからといって、町の者があこぎな真似をしていいってもんでもない。そっちもちゃんと抑えなきゃ、江戸の町は悪くなる一方だ」

ふうむ、と登一郎は腕を組んだ。

「なるほど」と、座敷に上がると、棚に置いておいた絵を取り出した。

「これだ。おみねさんの腕はさすがだ」

おみねに頼みに行ったとき、新吉はすぐに出かけてしまったので、できあがりを見ていない。

「ふうん」

二人は絵を覗き込む。

「見覚えはあるか」

文七の問いに、新吉は首を横に振る。

「頬の傷や潰れた耳は、さほど珍しいもんじゃないし」

「そうだな、喧嘩《けんか》に慣れた者にはよくあるやつだ」

「ふうむ」登一郎も首を伸ばす。

「確かに深川の遊び人ふうの者らには、傷持ちが多かったな」

久松と話していた男らを思い出した。

「いや、けど」文七は絵を指でなぞった。

「ここまで人相がはっきり描かれていれば、見きわめがつくってもんだ」

「そうだな、さすがおみねだ」新吉が誇らしげに顔を上げた。

「と、そういや、別の絵も描いたって話してましたけど」

「うむ」登一郎は頷く。

「正次郎殿の頼みでな……」

そこに、足音と杖を突く音が鳴った。

「おはようございます」

正次郎だった。

おう、と登一郎は慌てて身を引き、土間へと招き入れる。

正次郎は新吉と文七に、戸惑いを見せた。

「ああ、この二人は」登一郎は手を上げた。

「おみねさんの亭主の新吉さん、それと親しくしている文七さんだ。そら、話したであろう、顔の広い人が盗人探しを手伝ってくれると。久松さんという人なのだが、この二人は仲間なのだ」

読売の、というのは秘密だ。

「ああ、そうでしたか」正次郎はかしこまって、新吉に礼をした。

「おみねさんにはお世話になり……改めてお礼を、と思っていたのですが」

「なあに」新吉は手を振る。

「かまいやしませんや」

登一郎は二人が手にしている絵を示した。

「二人があの盗人探しを手伝ってくれるというので、絵を見せていたところだ。二人とも出商いであちこち歩くゆえ、頼りになる」

「ほう、それは」正次郎は二人に会釈をする。

「かたじけないことです」

「なあに」新吉が立ち上がる。

「あたしは久松ほど広く歩くわけじゃありませんが、武家屋敷にも行くんで」

「ええ」文七も立ちながら、絵を登一郎に返した。

「あたしも二人とは別の町に行ったりするんで……ま、人探しの目は一人より三人、いや、先生も入れて四人だ、多いほうがいいってこってす」

二人は外へと出て行く。

「じゃ、さっそく行きますんで」

振り返ると、二人は右と左に分かれて歩き出した。

と、入れ替わりに長明がやって来た。

「おはようございます」

おう、と登一郎は笑顔になった。

「しっかりと教えていただくのだぞ」

「はい」頷いた長明は、土間に立ったままの正次郎に手を伸ばした。

「あ、先生、お上がりください」

座敷に上がる正次郎に、登一郎は自分の目を指で差した。

「では、わたしも出かけてまいるゆえ」

「はい、いってらっしゃい」

正次郎は深く頭を下げた。

二

すませた朝餉の膳を持ち上げようとした登一郎に、佐平が手を伸ばした。

「あ、あたしが」そう言って立ち上がる。

「見てください、こんなに動けるようになりましたんで、明日からは飯炊きもあたしがします」

「ほう、よくなってきたか」

「はい、行水を使ってから、どんどん痛みも薄らいでますんで」

行水をしてから三日が経っていた。

「それはよかった、なればあとで湯屋にも行くがいい」

笑顔になった登一郎に、佐平は頭を下げた。

「はい、そうします、いろいろと申し訳ないことでした」

「なんの」

登一郎は笑顔で立ち上がると、開いた戸口から外を見た。日差しが明るい。

よし、今日はまた古道具屋に行ってみよう……。そうつぶやきながら、身支度を調《ととの》えた。

外に出た登一郎は、銀右衛門の家の前で足を止めた。娘の声が聞こえてくる。

おさとちゃんだな……。耳をすましていると、戸口におさとの姿が現れた。下駄を突っかけて、出て来る。

「あら、先生」

「おう、おはよう。これから洗濯をするのか」

「いいえ、今日はしません」首をひねると、家の中に声を投げかけた。

「おとっつぁん、先生よ、来て」

奥から銀右衛門が出て来ると、

「ああ、先生、おはようございます」と、おさとの横に並んだ。

「おさとが洗濯を手伝ってもらっているそうで、すみません」

頭を下げる父親に、「もう」と娘は頬をふくらませた。

「ちゃんとお礼を言ってよ」

「言ってるじゃないか」

口を曲げる父に、おさとはこん、と下駄で地面を踏んだ。

「そういう言い方じゃなくて……」

「ああ」登一郎は手を上げた。

「よいのだ、わかった」

おさとは頬をふくらませたまま、父を横目で睨む。父は口を曲げたまま、娘から目を逸らしていた。

登一郎は苦笑をかみ殺しながら、銀右衛門を見た。

「よい娘御を持たれたな、おさとちゃんは親孝行だ」

「いや」銀右衛門は仏頂面《ぶっちょうづら》で首を振る。

「小遣い目当てにやってるだけですよ」

「まっ」おさとの眉が寄る。

「ええ、そうですとも」

登一郎の苦笑が漏れた。なるほど、意地っ張りは子も同じか……。

「いや、おさとちゃんは、洗うのも干すのも丁寧だ。皺《しわ》の寄らないように、ようく伸ばして……情がこもっているのがよくわかる」

登一郎の言葉に、ふくらんでいたおさとの頬が戻り、ほんのりと赤くなった。が、銀右衛門の顔はますます歪む。

おや、と登一郎はその曲がった口を見た。いやそうか、照れているのか……。

「おさとちゃんに聞いたのだが、おかみさんは料理上手とか……わたしも魚の煮付けは好物だが、佐平はよく焦がしてしまってな。なかなかに難しいらしい」

「ええ」おさとが頷く。

「煮物は火加減が難しいんですよ。あたしもよく手伝うけど、おっかさんの腕前にはまだまだ近づけなくて」

ふん、と銀右衛門が鼻を鳴らす。

「あれはそれだけが取り柄だからな。大店《おおだな》の奉公で飯炊きをしてたから、うまくなったんだ」

ほう、と返す登一郎に続いておさとも「へえ」と声を出した。

「おっかさんは大店で奉公していたの」

ああ、と銀右衛門は目で頷く。

「日本橋の大きな薬種問屋《やくしゅどんや》にいたんだ。そこで煮炊きを教わったんだから、上手になるのも当たり前だ」

おさとは目を丸くする。

「そうだったの、じゃ、おとっつぁんもそこで奉公してたの」

「馬鹿」銀右衛門は目を歪める。

「奉公人同士の色恋は御法度《ごはっと》だ」

「あら、そんならどこで……そうか、おとっつぁんはその大店に出入りしていたとか……」

おさとが父の顔を覗き込んだ。父は顔を背《そむ》けて、うほん、と咳を払った。

おさとはさらに首を伸ばす。

「え、待って……ってことは、おとっつぁんとおっかさんは好き合って一緒になったの。誰かの口利きじゃなくて」

銀右衛門はさらに顔を背ける。

「ほう」登一郎は目元を弛めた。

「では、恋女房ということだな、よいではないか」

銀右衛門はまた咳を払った。

「あたしが青物《あおもの》を届けると、あいつが受け取ってたんで、口を利くようになっただけですよ」

「ほう、青物ということは、銀右衛門さんのうちは八百屋だったのだな」

「いえ、奉公してただけですよ」

「へえ」と、おさとが見つめる。

「そうだったの、知らなかった。けど、八百屋なら、そこのご飯もおいしかったでしょうね」

「まさか」と銀右衛門は眉を寄せる。

「奉公人に食べさせるのは、捨てるような屑や腐りかけた物だけだ。旨いわけがない」

ふうむ、と登一郎は真顔になった。

「なれば、料理上手のおかみさんをもらったのは仕合わせであったな」

「ああ、まあ」

銀右衛門の面持ちが少し、弛んだ。

おさとが身を乗り出して、顔を見る。

「そうなの、なら、どうしてそう言わないの」

「なにを言うってんだ」

むっとする父に、娘は手を振る。

「だから、おっかさんの料理はおいしいって」

「そんなことは、言わんでもわかるだろう。残さずに食べてるんだから」

口を曲げる父に、おさとはしばし、顔の動きを止めた。が、その口を開いた。

「わかんないわよ、仏頂面で黙々と食べてるんだから……おっかさん、なにを作っても張り合いがないって……」

むう、と父は口を尖らせる。

なるほど、と登一郎は思った。愛想がない亭主に妻が愛想を尽かした、ということか……。

「銀右衛門さんは……」登一郎は銀右衛門の目を見つめた。

「おかみさんの手料理を旨いと思っていたのだな」

「はあ」目を逸らせて、頷く。

「そらまあ……」

「ほんと」おさとが父の前に出る。

「なにがおいしいと思ってたの」

父は身を反らせて、もごもごと声を出す。

「そりゃ……魚の煮付けとか、芋の煮っ転がしとか……」

「あとは」

詰め寄る娘に、父は拳を振った。

「あとって……煮物はなんだって旨かったろう。煮物だけじゃなくて、あいつは五目の炊き込み飯や天ぷらまで作っちまうんだから……」

「へえ、それもおいしかったんだ」

「そりゃ……おまえだって、いっつもお代わりしてたろう。旨いのはわかってるじゃないか」

「うん、おいしかったよねえ」

おさとは息を吐くと、ゆっくりと向きを変え、登一郎に顔を向けた。

その顔がだんだんと笑顔になっていく。

登一郎も頰を弛めて頷いた。

銀右衛門は拳を握り、顔を赤くした。

「なんだってんだ、まったく」その顔で登一郎に会釈する。

「失礼します」

そう言うと、家へと戻って行った。

おさとはそれを見送ると、肩をすくめて歩き出した。

登一郎は横に並んで横丁を出る。

歩きながら、おさとはくすくすと笑い出した。

「やっと言った」笑顔で登一郎を見上げる。

「先生、ありがとうございます。あそこまで言うとは思ってなかった。先生のおかげです」

「いや、口で言うのは大事と、わたしも最近、思うことがあったゆえ」

佐平の顔が浮かんだ。佐平もうれしそうだったが、返された自分もよい気分になったのが甦る。

おさとは空を見上げた。

「おとっつぁんってば、素直じゃないんだから」

「うむ、だが、男はそんなものだ」

笑いつつ、耳が痛い、と思う。

「けど、昔の話は知らなかった」おさとはまぶしさに目を細める。

「おとっつぁんは早くに親を亡くしたって、聞いたことはあったけど」

「ほう、そうであったか、では、幼い頃にその八百屋に奉公に出されたのかもしれんな」

「ええ、きっと……けど、腐りかけた物を食べさせられたなんて……」

「うむ、そのようななかで育てば、素直でなぞいられなくなるだろうな。仏頂面がしみついても無理はない」

ええ、とおさとは顔を戻すと、辻で足を止めた。

「あたしのうち、あっちなんです」横道を指で差す。

「おっかさんに話してあげなくちゃ」

「おう、それはよい」

はい、と頷いて、おさとは駆け出した。

下駄の音を聞きながら、登一郎は笑みを納めて歩き出した。


夕刻。

家に戻ると、佐平が「おかえりなさいまし」と迎え出た。

「さっき、新吉さんが来ましたよ」

「なに」草履を脱ぎかけた足を止める。

「では、家に行ってくる」

外へと飛び出した。

家の前で、声をかけようとすると、おみねが戸口に現れた。

「先生の足音ってわかりましたよ。さ、どうぞ、上がってくださいまし、みんな集まってますから」

「おう、邪魔をする」

座敷に上がると、文七と久松もいた。

「見つけましたぜ」新吉が胸を張る。

「ごろつき二人、亀戸天神《かめいどてんじん》で見かけました」

「亀戸天神」

「ええ、天神様の境内で暦を売っていたところ、ぶらぶら歩いているのを見つけたんです。絵と同じ顔をしていたんで、すぐにわかりました」

「そうか、おみねさんのおかげだな」

「ええ」と、新吉は胸を張る。

「あ、そうだ、で、確かめたんです、脇差しを差してるかどうか」

「おう、どうであった」

「はい、耳の潰れた男が黒塗りの脇差しを差してました。鍔の作りまではわかりませんでしたけど」

ふうむ、と登一郎は唇を嚙んだ。

「売ってはいなかったか。古道具屋など回って無駄足を踏んだな」

「いやぁ」文七が首を振る。

「探るってぇのは、そういうもんですよ。あたしらなんざ、しょっちゅう無駄足を踏んでます」

「そうでさ」久松が頷く。

「でね、あっしは新吉さんから聞いたんで、天神様界隈の若いもんに聞き回ったんでさ。したら、本所の錦糸堀《きんしぼり》の辺りをねぐらにしてるってえのがわかりやした」

「錦糸堀、か」

大川を渡って両国の先、さらに東の亀戸の手前にあるのが錦糸堀だ。

「教えてもらった家に行ってみたんですけど、小さい家に五、六人、ガラの悪い男が出入りしてましたぜ」

「ふうむ、どの辺だ」

「へい、堀の南っかわで……」

久松が説明する。

登一郎はそれを耳に刻み込んだ。

三

両国橋を渡って、登一郎は本所の町へと入った。

本所は武家の下屋敷が多い。かつて赤穂浪士《あこうろうし》が仇討《あだう》ちに入った吉良上野介《きらこうずけのすけ》の屋敷も、その一画にあった。

そこを通り過ぎて、登一郎はさらに東へと進む。

掘割に出て、おう、と思う。ここが錦糸堀だな……。

久松に聞いた道を思い出しながら、辻を曲がる。言われたとおりの軒並みに、教えられたとおりの家があった。古い二階屋だ。

横目で見ながら、ゆっくりと前を通る。

中から男達の声が聞こえてきた。
四、五人はいそうだな……。そう考えつつ、通り過ぎる。さすがに多勢《たぜい》に無勢《ぶぜい》は軽《けい》挙《きょ》にすぎよう……。
錦糸堀を抜けて、横十間川《よこじっけんがわ》を渡る。

かつて、すぐ近くに木場があったために、この辺りにも縦横《じゅうおう》に堀が通っていた。

橋を渡ると、すぐに賑わいが見えて来た。亀戸天神の門前だ。辺りには餅菓子屋や煎餅《せんべい》屋など、さまざまな店や水茶屋などが並び、人々が集まっている。

登一郎は境内に入ると、ゆっくりとひと巡りした。花の時期には梅や藤の花の香《かぐわ》しさが人を呼び寄せるが、花のない夏でも参拝客は多い。

人々に目を配りながら歩くが、目当ての男らの姿はなかった。

境内の水茶屋に入ると、登一郎は奥に腰を下ろした。長床几《ながしょうぎ》に座って茶と団子を口に運びつつ、じっと行き交う人々に目を凝らす。

あっ、と息を呑んだ。あの二人だ……。

なにやらしゃべりながら、こちらにやって来る。二人とも肩を揺らし、身体を揺する歩きだ。

登一郎はその姿を目で追う。と、また息を呑んだ。二人が水茶屋に向かって来たのだ。

登一郎は身体を回し、顔を背けた。

そっと息を吸う。こちらの顔など覚えてはいまい……いや、とは限らん、油断は禁物だ……。

二人は表の長床几に腰を下ろすと、大きな声を襷掛けの娘に投げかけた。

「茶と団子だ」

娘は小さく返事をして、身を翻《ひるがえ》した。

登一郎は首だけを伸ばして、そっと表を見た。

手前に潰れ耳が座っている。左側をこちらに向けているため、腰が見えた。黒い脇差しを差している。

登一郎は目を凝らした。が、鍔までは見えない。

「おまちどおさま」

茶屋の娘は団子と茶を置いて、すぐに身を引いた。

「なんでえ」頬傷の男が歪んだ笑いを見せる。

「ちっとは愛想を見せろよ」

「ふん」と潰れ耳も鼻を鳴らした。

「とって食おうってんじゃねえんだからよ」

娘はぱたぱたと登一郎の前を通って、奥へと逃げて行った。

男達は団子を食べ終わると、

「そらよ」

と、銭を投げるように置いて立った。

登一郎も間を置いて、茶屋を出た。

二人は参道を抜けて、錦糸堀のほうへと歩き出す。

しめた、と登一郎はあとを追った。

ゆっくりと間合いを詰めていく。脇差しの鍔に目を凝らす。

透かし彫りだ……。馬が駆ける姿が見て取れた。正次郎殿の脇差しに相違ない……。

登一郎は拳を握り、息を呑み込んだ。

目の先には川が見えている。二人は橋のたもとにさしかかった。

足を速め、登一郎は二人の横に付いた。

ぎょっとして、男らが顔を向ける。

「久しぶりだな」登一郎は低い声を出した。

「脇差しを返してもらおう」

「なんだっ」

二人が飛び退く。

向かい合った男らは見開いた目で登一郎を見つめた。

「誰だ、てめえ」

頬傷が言うと、あ、と潰れ耳が手を上げた。

「そうか、あんときのじじいだ、神田の……」

ん、と頬傷の男は目を眇め、「ああ」と頷いた。

「なんだ、また目潰しを受けに来たか」

そう言いながら腰に手を伸ばした。すっと匕首を抜く。

登一郎も刀に手をかけると、そのまま鯉口《こいぐち》を切った。

「さ、脇差しを寄越せ」

登一郎が目で示すと、ふんっと、潰れ耳がその脇差しを抜いた。

「これぁ、もうおれのもんだ、盗られたやつが間抜けなのさ」

白刃を掲げ、構える。

登一郎も刀を抜き、切っ先を向けた。

「人の刀を勝手に使うな、傷がつく」

けっ、と頬傷が踏み出した。

向かって来るその身体に向けて、登一郎は刀を回した。

脇腹を狙い、あばら骨に峰を打ち込む。

鈍い音が鳴って男が身体を折った。

「このじじいっ」

潰れ耳がその横で地面を蹴った。

白刃をまっすぐに構えて突っ込んで来る。

登一郎は腰を落とした。

「じじいと呼ばれるほど耄碌《もうろく》しておらん」

そう言うと、足を踏み出した。

刀をひらりと回すと、突っ込んできた男の脛を打った。

また鈍い音が立ち、潰れ耳は崩れ落ちた。

登一郎は刀を納めると、歩み寄った。

腕を伸ばすと、

「返してもらうぞ」

男の手から脇差しを奪い、腰の鞘も抜く。

男は脛を押さえて転がりながら、登一郎を睨み上げる。頬傷の男も脇腹を押さえて膝をついていた。

「くそっ」

「てめえ」

それぞれに呻く二人を、登一郎は交互に見つめた。

「悪事をなせば報いを受ける、それだけのことだ」

脇差しを手に、登一郎は橋へと歩き出した。

「ごめん」

龍庵の家の戸口で、登一郎は声を上げた。

開いた戸の奥から「どうぞ」という声が返る。

入って行くと、正次郎が出迎えた。

「先生の声だとすぐにわかりました。龍庵先生と信介殿は、病人の家に行って留守なのですが」

「いや」登一郎は座敷に上がり込む。

「正次郎殿に会いに来たのだ。これを……」

手にしていた脇差しを差し出した。

「盗られた物に相違ないか、ご覧くだされ」

え、と目を丸くしつつ、正次郎は手に取る。その鍔を見て、

「はい、確かに」

大きく頷いた。

「おう、よかった」登一郎は目を細める。

「新吉さんが二人を見つけ、久松さんが根城を探ってくれたのだ。で、わたしが出向いて奪い返してきた、という次第でな」

ああ、と正次郎は脇差しを両手で握りしめた。

「ありがとうございます」

深々と下げる頭に、登一郎は首を振る。

「いや、蘭学教授のお礼ゆえ、お気になさるな。あの不埒者《ふらちもの》、脇差しを使っていたゆえ、多少、傷がついているやもしれんが」

「いえ、戻って来ただけでも十分です」

正次郎は顔の前に掲げる。その鍔を指差して、登一郎は微笑んだ。

「馬の透かし彫りですぐにわかった。珍しい細工が効をなしたな」

「ああ、これは」正次郎も見つめる。

「我が家に代々伝わる物で、男の名には馬の一字が名につける送り字として使われるのです。父は左馬之介《さまのすけ》でした」

ほう、と言いつつ正次郎を見た。

「正次郎殿は名からして次男と見ゆる、それゆえ、馬の字は継がなかったのだな」

「ああ、いえ……次男は次男だったのですが、わたしは養子に出されたのです。九つの歳に口減らしで……そのときにこの脇差しを譲られたのです」

歪む目元に、登一郎はそういうことであったか、と目を逸らす。

「ふうむ……しかし、医者の家に行ったのであれば、よい話だ」

ふっと、正次郎は顔を伏せた。

「柴崎の家には嫡男がいたのですが、幼い頃に亡くなったそうです。その子の名が正《しょう》一郎《いちろう》、で、わたしが養子に入って正次郎になりました。まあ、その子の身代わり、ということです」

登一郎はさらに顔を逸らした。うまい言葉を探すが、見つからない。

正次郎は顔を上げ、ふっと片頬だけで笑った。

「実の親に捨てられ、もらわれた先では身代わり……寄る辺《べ》のない身ゆえ、こうして気ままに江戸にも来られたわけですが」

ふうむ、と登一郎は思う。捨て子に怒気を示したのはそれゆえか……。そう思いながら、登一郎の瞼《まぶた》には、九歳の自分が甦っていた。三歳年下の弟と喧嘩をしたときのことだ。

〈兄弟で争うなど、愚かなことをするでない〉

そう父は怒り、拳で頭を殴られた。

　すると、近くにいた母は駆け寄り、弟を抱きかかえた。殴られないようにと、己の身で弟を包んだのだ。

　その姿を見て、母は弟のほうが大事なのだ、と思った胸の疼《うず》きが甦ってくる。

「いや」登一郎は小さく首を振った。

「幼い頃の思いは、いつまでも消えぬものだ」

　そうつぶやく登一郎に、正次郎は安堵したように頷いた。

「柴崎の家では不自由もなかったのですが、近年になって養母が亡くなり、つい最近、養父も亡くなって一人になりました。そういう話を人にすると、妻子は、と聞かれるのですが、許嫁《いいなずけ》を祝言《しゅうげん》前に亡くしたもので……医者なのに、病を治せなかったんですよ」

　眉間を狭めて自嘲《じちょう》する。

　ううむ、と登一郎はますます言葉をなくして顔を伏せる。

　正次郎はそのようすに、慌てて声音《こわね》を変えた。

「いや、すみません、重苦しい話で……しかし、養子に行ってよいこともあったのです。柴崎の家にはお婆《ばば》様がいて、この人がやさしい人で……よく、そげん気ばらんでよか、と言って、そっと菓子をくれたものです」

「ほう」登一郎はやっと顔を上げた。

「よいお刀自《とじ》様だ」

「ええ、温かく、強い人でした。肝《きも》ば太く持て、とよく言われたものです」

「ほう、そういえばうちのお婆様も泰然《たいぜん》としたお方であった。小さなことで狼狽える でない、と言われたものだ」

登一郎が思い出して目を細めると、正次郎も目顔で頷いた。

「よい情けも忘れぬものですね」その目を改めて脇差しに向けた。

「戻ってよかった」

そういえば、と登一郎は思い出す。

「それは父上の形見と言うておられたな。実の父上のことであったか」

「ええ、そうです。わたしが養子に出されて三年ほどで、亡くなったのです。あとで 知ったのですが」

「ふうむ……なれば、母上は苦労されたであろうな」

「いえ、母は離縁されて、家にはいませんでした、わたしが養子に出された頃にはすでに……いや」正次郎は苦笑する。

「また、つまらぬ話になってしまう」

脇差しを置くと、正次郎は深く頭を下げた。

「かたじけないことでした、お礼を申し上げます」

「いや」登一郎は首を振る。

「新吉さんらの手柄ゆえ、その言葉、伝えておこう」

二人は新吉の家のほうへと顔を向け、頷き合った。

四

昼餉の膳を佐平が運んで来た。

「今、味噌汁をあっためてますからね」

台所へと戻って行く。もう、腰をかばうようすはなかった。

そこに「先生」と戸口から声がかかった。

覗いていたのは、おさとだった。

「おう、入りなさない」

登一郎の誘いに、おさとが入って来る。両手に風呂敷包みを抱えていた。

「これ、持って来たんです」

上がり框に置くと、風呂敷を解《ほど》いた。現れたのは木箱だった。花見などに持って行く弁当箱だ。

寄って行った登一郎に、おさとは、

「開けてみてください」

と、微笑む。

ふむ、と蓋を取ると、中にあったのは深い皿だった。鰺の煮付けが盛られている。

「おっかさんが作ったんです。先生のことを話したら、お礼にって。佐平さんにもお世話になってるから、お二人で召し上がってください」

おさとはにこりと笑った。

「ほう、これはよい匂いだ」

首を伸ばす登一郎に、おさとが肩をすくめる。

「今、おとっつぁんにも渡したんです。そしたらすぐにつまみ食いなんかして……」

ふふふ、と笑う。

「そうか」登一郎も笑顔になる。

「銀右衛門さんの言葉を伝え聞いて、おっかさん、機嫌が直ったのだな」

「はい」おさとがぺこりと礼をする。

「先生のおかげです、ありがとうございました」

なあに、と登一郎は台所へと振り向く。

「佐平、よい物をもらったぞ」

へ、とやって来た佐平は皿を覗いて笑顔になった。

「こりゃ、うまそうだ。あたしは煮付けはどうにもうまくできないもんで……さっそくいただきましょうや」

うむ、と頷き合う。

「じゃ」

おさとは笑顔で戻って行った。


翌日。

弁当箱を持って、登一郎は銀右衛門の家を訪ねた。

「ごめん、これを返しにまいった」

箱を掲げて土間に入ると、銀右衛門が出て来た。

「ああ、わざわざすみません」

いつもの仏頂面が消えて、目元が弛んでいる。

「鯵の煮付け、実に美味であった」

箱を手渡しながら微笑むと、銀右衛門は目を細めた。

「さいでしたか、あれはおきねの得意で……」

「ほう、女房殿はおきねさんというのか」

登一郎は笑顔で頷く。

「あの」銀右衛門は手で奥を示す。

「よろしかったら、どうぞ。今、お茶を淹れたところでして」

ふむ、と登一郎は草履を脱ぐ。

「では、邪魔をいたす」

初めて上がる家の中を、目だけで見回した。奥には積んだ布団を隠す屏風《びょうぶ》と柳行李《やなぎごうり》が見える。が、表の座敷には帳場机と鍵のついた帳場簞笥《だんす》しかない。あとは柱に新吉の刷った暦が貼られているだけだ。登一郎は奥に座った。

台所から盆を持って来た銀右衛門は、湯気の立つ湯飲みを登一郎の前に置いた。

「菓子もなく、すみません。おさとからお世話になっていると聞いて、改めてお礼に伺わねば、とは思っていたんですが」

「なあに」登一郎は笑顔を見せた。

「横丁の仲間ゆえ、礼など無用。こちらもおさとちゃんにはいろいろと教わったからな、相身互《あいみたが》い、ということだ」

熱い茶を口に含む。

「おさとはよけいなことまでべらべらと……恥ずかしいことで……」

銀右衛門は苦笑する。

「いや」登一郎は首を振る。「父母を案じてのことだろう、情の深さゆえだと思うぞ。おさとちゃんは二人に仲良くしてほしいと思うているのだ」

はあ、と銀右衛門は首筋を掻く。

「どうにも、おきねが意地っ張りなもんで……」

登一郎は笑いを漏らす。

「いや、夫婦はお互い様であろう」

はあ、と銀右衛門はまた首を掻く。

と、そこに戸口から人が飛び込んで来た。

「ごめんくださいまし」中年の女だ。「銀右衛門さん、お願いします」

大声に、銀右衛門は立ち上がった。

「ああ、誰かと思えば、紅梅屋《こうばいや》のおときさんじゃないか、どうしたね」

はい、とおときは座敷に上がり込んだ。

「お金を都合してください、うちの人がしょっ引《ぴ》かれちまったんです」

「なんだと」

二人は向かい合う。

登一郎は、どうしたものか、と見回した。出て行くべきなのだろうが、狭い座敷に二人が向かい合っているため、そこを通るのは憚られる。後ろを振り向き、登一郎は奥へと下がった。銀右衛門はこちらを見て、それでかまわない、と目顔で頷いた。

「で」銀右衛門はおときの顔を見る。

「どういうことか、聞かせてもらおうじゃないか」

「ええ、さっきなんですよ、お役人が、いえ、お役人とは思わなかったんです、だって、町人の格好で入って来て、それで、煙管を見せてくれって言って……」

耳を向けていた登一郎は、もしや、と思う。

銀右衛門も口を開いた。

「あれか……囮《おとり》だな」

「そう、それ」おときは手を振る。

「いえ、聞いちゃいたんですよ、町奉行所の役人が客の振りして高い物を出せって言って、出したら禁令違反だと言ってお縄にするってぇ話……けど、まさかうちに来るなんて……」

登一郎は口を曲げた。奢侈禁止の法令が出されてから、取り締まりが日を追うごとに厳しくなっていった。特に鳥居耀蔵が南町奉行に就いてからは、次々に町人を捕らえている。ついには、町奉行所の同心が囮になって店に行き、禁令で奥にしまった物を出させる、というやり方までするようになった。その場で、法令破りとして、お縄にしてしまうのだ。

「あの男……」おときは歯がみをする。

「上方《かみがた》に帰るから土産にしたい、いい煙管がほしいから、なんて、大嘘を言って……」

高価な煙管は奢侈禁止の対象とされている。煙管には凝った造りの物も多く、それを集めたり自慢し合ったりする人々も多かった。

「ううん」銀右衛門が唸る。

「で、番屋に連れて行かれたんだね」

「そうです、手に縄をかけられて……今頃は、番屋で手鎖《てじょう》をかけられているはず。みんなは過料《かりょう》ですむはずだって言うんですけど、うちにはお金なんてないんですよ」

過料は罰金刑だ。おときは顔を歪める。

「禁令で金銀細工の高い物はお店に出せなくなっちまったし、けど、そういうのは仕入れでもうお金を払っちまってるんだから、売れなきゃお金は減っていくばかりなんです。だから、このあいだも借りに来たんです」

ううむ、と銀右衛門は顔をしかめる。

登一郎はそっとおときの顔を窺いながら、小間物屋らしいな、と思っていた。

銀右衛門は指を折る。

「過料となれば、少なくとも三貫文《かんもん》（一貫は千文）から五貫文か」

登一郎も頭の中で算盤《そろばん》をはじいた。軽過料は三貫文から五貫文、重過料は十貫文から三十両ほどと定められている。一両は六千五百文だから、重過料だと最低でも一両半近くになるということか……。

過料が払えないとなると、手鎖の日数が伸びていく。

「うちの人は」おときが涙声になった。

「もう、身体のあっちこっちが悪いんです。手鎖なんてされてたら、どんどん具合が悪くなっちまう、死んじまうかもしれないんですよ」

「ふうん、それは一大事だな。さて、どうするか」銀右衛門は首をひねった。

「よし、じゃあ、二両を貸そう。だが、すぐに返す当てはなかろう。だから品物を預かる、とこれでどうだ」

「はい」おときが涙を拭く。

「それでけっこうです、これからお店に来て、なんでも持って行ってください」

よし、と銀右衛門は引き出しを開けると、金を取り出した。

そこに登一郎は膝行して寄った。

「わたしも店に行ってもよいだろうか」

「え、先生もですかい」

驚く銀右衛門の横で、おときも目を開いて登一郎を見る。

「うむ」登一郎は目で微笑んだ。

「小間物屋であろう、なにか買おう。少しは助けになるだろう」

「ああ、そりゃあいい」

銀右衛門がおときに顔を向けると、

「うち、なんでもありますから」

と、身を乗り出した。

「よし、では軍資金を取ってまいろう」

登一郎は一度家に戻ると、出て来た銀右衛門とおときとともに横丁を出た。

「上野なんですよ」

おときが早足で振り返る。

「なるほど、物見遊山の客が多いところだな」

「ええ、だから、なんでも揃えてるんです」

「ああ」銀右衛門が頷く。

「それなら、以前は繁盛《はんじょう》していたんだろう」

「ええ、ほんとに」

おときの早足が地面を蹴る。

人のあいだを縫いながら、三人は上野の広小路に着いた。

「おかえりなさい」

出迎えた若い男を、おときは、

「倅の紅吉《こうきち》です」

と、二人に示す。

おときは息子にいきさつを説明をすると、

「さ、なんでもごらんくださいな」

と、登一郎に言った。

並んだ手鏡や櫛《くし》、根付けや安物の煙管などを見て、登一郎は小声を返した。

「いや、奥にしまってある物を見せてもらおう」

「え」おときと紅吉は顔を見合わせる。

登一郎は片目を細めた。

「禁令などと言っても、囮を使うような相手だ、こちらも気にすることはない」

「そうか」おときは息を吸い込む。

「そうですね、じゃ、上がってくださいな」

座敷へと招き入れた。

おときは棚から箱を取り出して並べると、次々に蓋を開いた。

高価そうな煙管の並ぶ箱、漆塗りの印籠《いんろう》が並ぶ箱、革の煙草入れが並ぶ箱、金銀細工の櫛や簪《かんざし》が並ぶ箱など、さまざまだ。

「ほう、こりゃ見事だ」銀右衛門は一本の煙管を手に取った。

「こりゃ、確かに店には出せんな」

「ええ、だからこうやって奥に……」

おときは溜息を吐《つ》く。

登一郎は箱を眺めながら、小さく振り返った。店のほうから声がする。

「大変だったな、おとっつぁんはまだ戻らねえのかい」

やって来た男に、

「へい、連れて行かれたっきりで」紅吉が答えている。

「まさか、こんなことになるとは、おとっつぁんは思っちゃいなかったんで」

「ったく、汚《きたね》え手を使いやがる。鳥居耀蔵めが、どんどん図に乗りやがって。しょっ引いて行くのだって、過料目当てに違《ちげ》えねえ」

「ああ、みんなそう言ってまさ。町から金を巻き上げて献上すれば、水野様のお覚えがめでたくなるからだろうって」

「おうよ、水野は金集めに必死だからな、それで将軍様のお褒めにあずかろうってんだろうよ、ざけんじゃねえってんだ」

「いつまでこんなのが続くんですかねえ」

「ふん、町じゃ、とっとと水野や鳥居がくたばりゃいいって、みんな言ってらぁ。そいで矢部様が戻ってくださりゃ、言うことはねえんだがな」

101-8405

書籍のご注文は84円
アンケートのみは63円
切手を貼ってください

東京都千代田区神田三崎町2-18-11

二見書房・時代小説係 行

ご住所 〒

TEL - - Eメール

フリガナ

お名前

(年令 才)

※誤送を防止するためアパート・マンション名は詳しくご記入ください。

23.5

愛読者アンケート

1 お買い上げタイトル
(　　　　　　　　　　　　　　　　　　　　　　　　　　　　)

2 お買い求めの動機は？（複数回答可）
□ この著者のファンだった　□ 内容が面白そうだった
□ タイトルがよかった　□ 装丁（イラスト）がよかった
□ 広告を見た　　　（新聞、雑誌名：　　　　　　　　　　）
□ 紹介記事を見た（新聞、雑誌名：　　　　　　　　　　）
□ 書店の店頭で　　（書店名：　　　　　　　　　　　　　）

3 ご職業
□ 会社員 □ 公務員 □ 学生 □ 主婦
□ 自由業 □ フリーター □ 無職 □ ご隠居
□ その他（　　　　　　　　　　　　　　　）

4 この本に対する評価は？
内容：□ 満足 □ やや満足 □ 普通 □ やや不満 □ 不満
定価：□ 満足 □ やや満足 □ 普通 □ やや不満 □ 不満
装丁：□ 満足 □ やや満足 □ 普通 □ やや不満 □ 不満

5 どんなジャンルの小説が読みたいですか？（複数回答可）
□ 江戸市井もの　□ 同心もの　□ 剣豪もの　□ 人情もの
□ 捕物　□ 股旅もの　□ 幕末もの　□ 伝奇もの
□ その他（　　　　　　　　　　）

6 好きな作家は？（複数回答・他社作家回答可）
(　　　　　　　　　　　　　　　　　　　　　　　　　　　　)

7 時代小説文庫、本書の著者、当社に対するご意見、
ご感想、メッセージなどをお書きください。

二見書房 公式HP

ご協力ありがとうございました

↓ この線で切

①竜神の髭 ②竜神の爪 ③あるがままに

沖田 正午(おきだ・しょうご)

大江戸けったい長屋シリーズ
①ぬけ弁天の菊之助 ②無邪気な助っ人 ③背もたれ人情 ④ぬれぎぬ

大仕掛け 悪党狩りシリーズ
①如何様大名 ②黄金の屋形船 ③捨て身の大芝居

北町影同心シリーズ
①閻魔の女房 ②過去からの密命 ③挑まれた戦い ④目眩み万両
⑤もたれ攻め ⑥命の代償 ⑦影武者捜し ⑧天女と夜叉
⑨火焔の啖呵 ⑩青二才の意地

喜安 幸夫(きやす・ゆきお)

はぐれ同心 闇裁きシリーズ
①龍之助江戸草紙 ②隠れ刃 ③因果の棺桶
④老中の迷走 ⑤斬り込み ⑥槍突き無宿
⑦口封じ ⑧強請の代償 ⑨追われ者
⑩さむらい博徒 ⑪許せぬ所業 ⑫最後の戦い

隠居右善 江戸を走るシリーズ
①つけ狙う女 ②妖かしの娘 ③騒ぎ屋始末
④女鍼師 竜尾 ⑤秘めた企み ⑥お玉ケ池の仇

倉阪 鬼一郎(くらさか・きいちろう)

小料理のどか屋 人情帖シリーズ
①人生の一椀 ②倖せの一膳 ③結び豆腐 ④手毬寿司

勘十郎まかり通るシリーズ
①闇太閤の野望 ②盗人の仇討ち ③独眼竜を継ぐ者

幡 大介(ばん・だいすけ)

天下御免の信十郎シリーズ
①快刀乱麻 ②獅子奮迅 ③刀光剣影 ④豪刀一閃
⑤神算鬼謀 ⑥斬刃乱舞 ⑦空城騒然 ⑧疾風怒濤
⑨駿河騒乱

聖 龍人(ひじり・りゅうと)

夜逃げ若殿 捕物噺シリーズ
①夢千両すご腕始末 ②夢の手ほどき ③姫さま同心 ④妖かし始末
⑤姫は看板娘 ⑥贋若殿の怪 ⑦花瓶の仇討ち ⑧お化け指南
⑨笑う永代橋 ⑩悪魔の囁き ⑪牝狐の夏 ⑫提灯殺人事件
⑬華厳の刃 ⑭大泥棒の女 ⑮見えぬ敵 ⑯踊る千両桜

氷月 葵(ひづき・あおい)

神田のっぴき横丁シリーズ
①殿様の家出 ②慕われ奉行 ③笑う反骨 ④不屈の代人

婿殿は山同心シリーズ
①世直し隠し剣 ②首吊り志願 ③けんか大名

公事宿 裏始末シリーズ
①火車廻る ②気炎立つ ③濡れ衣奉行 ④孤月の剣
⑤追っ手討ち

← この線で切り取ってください

↑ この線で切

取ってください

御庭番の二代目シリーズ
①将軍の跡継ぎ ②藩主の乱 ③上様の笠 ④首狙い
⑤老中の深謀 ⑥御落胤の槍 ⑦新しき将軍 ⑧十万石の新大名
⑨上に立つ者 ⑩上様の大英断 ⑪武士の一念 ⑫上意返し
⑬謀略の兆し ⑭裏仕掛け ⑮秘された布石 ⑯幻の将軍
⑰お世継ぎの座 ⑱刃の真相

藤木 桂（ふじき・かつら）

本丸 目付部屋シリーズ
①権威に媚びぬ十人 ②江戸城炎上 ③老中の矜持 ④遠国御用
⑤建白書 ⑥新任目付 ⑦武家の相続 ⑧幕臣の監察
⑨千石の誇り ⑩功罪の籤 ⑪幕臣の湯屋 ⑫武士の情け
⑬下座見の子

藤 水名子（ふじ・みなこ）

古来稀なる大目付シリーズ
①まむしの末裔 ②偽りの貌 ③たわけ大名 ④行者と姫君
⑤猟鷹の眼 ⑥知られざる敵 ⑦公方天誅 ⑧伊賀者始末

与力・仏の重蔵シリーズ
①情けの剣 ②密偵がいる ③奉行闇討ち
④修羅の剣 ⑤鬼神の微笑

旗本三兄弟 事件帖シリーズ
①闇公方の影 ②徒目付 密命 ③六十万石の罠

隠密奉行 柘植長門守シリーズ
①ならぬことはならぬものです ②父、密命に死す ③隠し剣 御留流 ④必殺の刻
⑤江戸の迷宮

剣客相談人シリーズ
①長屋の殿様 文史郎 ②狐憑きの女 ③赤い風花 ④乱れ髪 残心剣
⑤剣鬼往来 ⑥夜の武士 ⑦笑う傀儡 ⑧七人の刺客
⑨必殺、十文字剣 ⑩用心棒始末 ⑪疾れ、影法師 ⑫必殺迷宮剣
⑬賞金首始末 ⑭秘太刀 葛の葉 ⑮残月殺法剣 ⑯風の剣士
⑰刺客見習い ⑱秘剣 虎の尾 ⑲暗闇剣 白鷺 ⑳恩讐街道
㉑月影に消ゆ ㉒陽炎剣秘録 ㉓雪の別れ

北風侍 寒九郎シリーズ
①津軽宿命剣 ②秘剣枯れ葉返し ③北帰行 ④北の邪宗門
⑤木霊燃ゆ ⑥狼神の森 ⑦江戸の旋風 ⑧秋しぐれ

森 真沙子（もり・まさこ）

日本橋物語シリーズ
①蜻蛉屋お瑛 ②迷い蛍 ③まどい花 ④秘め事
⑤旅立ちの鐘 ⑥子別れ ⑦やらずの雨 ⑧お日柄もよく
⑨桜追い人 ⑩冬 螢

箱館奉行所始末シリーズ
①異人館の犯罪 ②小出大和守の秘命 ③密命狩り
④幕命奉らず ⑤海峡炎ゆ

時雨橋あじさい亭シリーズ
①千葉道場の鬼鉄 ②花と乱 ③朝敵まかり通る

← この線で切り取ってください

取ってください

「ああ、ほんとに……矢部様の頃はよかったのに」

紅吉の溜息が聞こえてきた。

耳を立てていた登一郎の眉間に、皺が寄っていた。まったくだ、と思う。町の言い分が正しい……離れてみると、御公儀の粗《あら》がよくわかる……。

「先生」銀右衛門がそっと声をかけた。

「無理に買わなくてもようござんすよ」

「あ、いや」登一郎は首を振った。

「迷っていただけだ」

首を伸ばして、櫛と簪を覗き込む。

その中の黒漆の櫛に手を伸ばした。艶《つや》やかな塗りに光る貝殻を使った螺鈿《らでん》が施されており、さらに金蒔絵《きんまきえ》が輝いている。

手に取る登一郎に、おときが胸を張る。

「輪島塗《わじまぬ》りの逸品《いっぴん》ですよ」

ほう、と目の前に掲げる。

「これはいかほどだ」

「一分と四百文です」

ふむ、と懐から巾着《きんちゃく》を取り出す。

「では、これをもらおう」

「ありがとうございます、今、木箱を取って来ます」

おときは笑顔で立ち上がった。

ほう、と覗き込む銀右衛門から、登一郎は咳を払って顔を背けた。

五

文机に向かい合う二人を、登一郎は少し離れて眺めていた。脇差しを探しに行くことも、洗濯をする必要もなくなったため、時を持て余していた。

「もう、文字はすっかり覚えましたね」

正次郎の言葉に長明が頷く。

「はい、言葉はまだまだですが。手はhandハンドでしたね」

「さよう、それは英吉利《エゲレス》語と同じだ」

「確か、鼻も似てましたよね。阿蘭陀語はneusノウスで……」

長明が紙に筆を滑らせると、正次郎が覗き込んだ。

「うむ、英吉利語はnoseノーズだ。似た言葉がいくつもある。阿蘭陀語で本はboekブークで英吉利語だとbookブックとなる」

「へえ」目を見開く長明に、正次郎は問うた。

「長明殿は、世界の地図を見たことはおありか」

「はい、友の家で写しを見ました、日本が小さいのに驚きました」

「ふむ、欧羅巴《エウロパ》もさほど広くはない。国は陸続きが多いし、人の行き来は容易であろう。英吉利は島とは言え、船で行き来ができる近さだ。ゆえに、言葉も似たのだと考えられる」

「なるほど、日本でも古くから漢《かん》の文字が入ったのと同じですね」

「そういうことだ、海を隔てても入ったのだから、陸続きであれば、さらにたやすいであろう」

二人のやりとりを聞きながら、登一郎もいつか城中で見た世界の地図を思い出していた。小さな島である日本に較べ、広大な陸地は一体どうなっているのか、思い浮かべることすらできなかった。

しかし、と登一郎は城のほうへと顔を巡らせる。長年、通った城の偉容《いよう》はすぐに瞼に甦る。大きなお城だと思うていたが……。つぶやいて苦笑が浮かぶ。離れてみれば、そのお城も町の中のほんの一点、そのお城と屋敷の行き来だけで、わたしの一生は終わるところだった……。

その耳に、時の鐘が聞こえてきた。昼九つ（十二時）を知らせる鐘だ。

正次郎は筆を置いた。

「きょうはここまでとしよう」

「はい、ありがとうございました」

長明も筆を文箱にしまう。

登一郎も正次郎に向き直る。

「いつものことながら、かたじけない」

「いえ」正次郎は、その登一郎を見る。と、その目が揺れた。

ん、と登一郎は見つめ返す。と、正次郎は目を逸らした。

なんだ、と登一郎は小さく首をひねった。もしや、龍庵殿の所に戻りたくないのだろうか……。

「よかったら」登一郎は目元を弛めて言った。

「うちで中食を召し上がってはいかがか。佐平も台所に立てるようになっているし、いや、お出しできるのは粗末な膳だが」

「や、それは」正次郎は首を振る。

「昼はいつも握り飯を食べながら、龍庵先生と信介殿に蘭方の講義をすることになっているので」

決していやそうな顔ではない。

「さようか、では、二人が待っていような」

「ええ」

正次郎はゆっくりと腰を上げる。立ちながら、また登一郎を見るが、すぐにその顔を戻して、土間に下りた。

「お邪魔をいたしました」

「ありがとうございます」

と、長明が見送る。

いつもと違うようすが気にかかりながらも、登一郎も見送った。

「さあ」奥から佐平が声を投げてきた。

「粗末な膳の支度をしますよ。混ぜご飯はあさりの時雨煮と芥子菜《からしな》、どっちがいいですか」

「芥子菜」

と、長明が返し、登一郎も「うむ」と頷く。

文机を片付ける長明に、登一郎がそっと寄った。

「長明、ひとつ、頼まれてくれ」

「はい、なんでしょう」

振り返った息子に、登一郎は懐から小さな木箱を差し出した。

「これを照代に渡してくれ」

「母上にですか」手に取って、重さを量るように上下する。

「なんですか」

うほん、と咳を払って、

「それは知らずともよい、渡せばわかる」

父は顔を背けた。

「はあ」と長明は箱を懐にしまった。

登一郎は息子に顎をしゃくって、台所を示した。

「膳を運ぶのを手伝ってやれ、佐平は病み上がりだ」

「はい」

長明は奥へと行く。

味噌汁の匂いが漂ってきていた。

夕刻。

「ごめんくだされ」

という声に振り向くと、立っていたのは杖を持った正次郎だった。

「おう、これは、どうぞ上がりなされ」

登一郎の招きに、「では」と座敷に上がってくる。

向かい合いながら、登一郎はやはりなにか用があったか、と胸中でつぶやく。

佐平が買い物に出ているため、ちょうどよい。さて、と話しやすいように、登一郎は面持ちを弛めた。

正次郎はひとつ咳を払うと、懐に手を入れた。

取り出して広げたのは、以前、おみねに描いてもらった男の人相絵だった。

登一郎に向けて絵を見せると、正次郎はそれを裏返した。おや、と登一郎は首を伸ばした。字が書かれている。

長友将馬《ながともしょうま》というその文字を読みながら、登一郎は顔を上げた。

「これは、このお方の名、ということか」

「はい、わたしの兄です」

「ふうむ、先日、養子の話を聞いて、なにかわけがあるようだと思ってはいたが」

ええ、と正次郎は頷く。

「顔が似ているとよく言われたので、わたしの顔を元にすれば、今の顔も描けるのではないか、と考えたのです」

「なるほど、顔の形や目鼻立ちなどはさほど変わらないものだ。では、兄上が家を継がれたのか」

「はい、長男ゆえ、馬の送り字も継ぎました。母が離縁され、わたしが養子に出されたあとは、父と二人で暮らしていたはずです。が、父が亡くなったあと、行方知れずになったのです」

「ほう、そのようなことが」

「はい、わたしが父の死を知ったのは、亡くなって一年近くが経ってからでした。ゆえに葬儀にも出ませんでしたし、兄とは会わずじまいだったのです」

「ふうむ、他家の跡継ぎとなったのであれば、それもしかたあるまい」

穏やかな登一郎の物言いに、正次郎は小さな笑みを浮かべる。

「そう言ってくださると少し、気が楽になります。わたしが故郷に戻ったのは、父亡きあと、ずいぶん経ってからでした」

「ふうむ、確か九つの歳で養子に行かれたと言われたな。旅をするのは大人にならねば無理なこと、しかたがないことであったろう」

はい、と正次郎は口元で笑う。

「大人になって戻り、そこで初めて、兄が行方をくらませたということを知ったのです。借りていた家は見知らぬ人が住んでいました」

「ほう」と登一郎は腕を組む。どこまで聞いてよいものか、と胸の中で迷いが渦巻いていた。

それを察したように、正次郎は言った。

「父は浪人だったのです。いろいろとあったもので……町で子らに読み書きなどいろいろを教え、兄もそれを手伝っていたのです。ですが、父は三年ほどで病のためあっけなく世を去ったそうで」

「なるほど、では、兄上は一人になったわけか」

「ええ、故郷に戻って、地元の縁戚に尋ねたところ、仕官するために江戸に行く、と言っていたそうです」

ふうむ、登一郎は眉を寄せる。

「では、正次郎殿は兄上を探すために江戸に来られたのか」

「はい、それもあったのです。あの……」正次郎は人相絵を手に取った。

「盗人を見つけ出してくださった手際に、もしやこちらもお願いできるか、と思ったのです。兄上を探し出すのは無理でしょうか」

む、と登一郎は口を結んだ。

「浪人を探し出すとなると……あの盗人は町をよく知る新吉さんらだから、探し当てることができたのだ。わたし一人では無理だった」

ああ、と正次郎の眉が曇る。

「やはり、難しいですよね。龍庵先生にも、江戸の浪人のことを訊いたのです。そうしたら、その数は計り知れない、と言われまして」

「ううむ、まさに」

登一郎の寄った眉を見て、正次郎は肩を落とした。

「そう、ですか」

その掠れた声に、

「ああ、いや」登一郎は慌てて手を上げる。

「手がないわけではない。探すことはできよう」

「え」

上げた顔に、登一郎は目を逸らして、ううむ、と天井を見上げた。

「そうさな……」と、ある顔が浮かんだ。そうだ、と顔を戻す。

「浪人のことは浪人に訊け、だ」

登一郎は絵を手に取って、目を正次郎に向けた。

「この絵を借りてもよいか、横丁の端に住む清兵衛殿に見せれば、なにか手がかりがつかめるやもしれん。おっと、だが、そうなれば、兄上のことを話さねばならん、かまわぬか」

「はい」正次郎の面持ちが明るくなった。

「かまいません、絵もお持ちください。いや、真にそのような顔になっているかどうか、わかりませんが」

首を掻く正次郎に、登一郎は首を振る。

「なにもないよりはよい。して、兄上の名は長友将馬、歳はいくつになられる」

「わたしよりも五つ上なので、四十です」

「ふむ、で、長崎の出、ということだな」

「あ、長崎ではなく、隣の唐津《からつ》なのです」

「む、故郷は唐津藩であったか」

「はい、同じ肥前ですが」

「あい、わかった」登一郎は絵を畳んだ。

「あの盗人探しのようにたやすくはいかぬだろうが、やってみよう」

「ありがとうございます」

正次郎は頭を下げようと、腰を折る。が、怪我をした脚を伸ばしているため上手くいかない。

「ああ、そのようなことは無用。これも倅への教授のお礼だ」

登一郎が笑みを見せると、正次郎も目元を弛めた。と、その顔を振り向かせた。

戸口から、「ただいま戻りました」と佐平が入って来た。

「では、わたしはこれにて」

正次郎はゆっくりと立ち上がると佐平と入れ違いに、土間へと下りた。

出て行く後ろ姿を見送りながら、登一郎は聞いたばかりの話を頭の中で反芻《はんすう》した。

唐津、とつぶやきながら、登一郎は、あっと腰を浮かせた。もしや、と、慌てて外へ飛び出した。

「正次郎殿」

歩き出した正次郎に声を投げかける。
振り返った正次郎に、登一郎は低い声で問いかけた。
「唐津ということは、当時の領主は水野……忠邦であったか」
正次郎は立ち止まってこちらを向く。と、その顔で黙って頷いた。
そうか、と登一郎は立ち尽くす。
正次郎は黙ったまま向き直ると、前に歩き出した。

第四章　無謀《むぼう》の領主

一

「ごめん」と、戸口で声をかけると、奥から清兵衛が襷掛けの姿で出て来た。

「おう、登一郎殿だったか」

「うむ、中食の支度をしていたところか、ちょうどよい、これを持参した」

登一郎は手にしていた酒徳利と籠を持ち上げた。

「天ぷらを買ってきたのだ」

「ほう、それはいい、上がってくれ」

清兵衛の言葉と同時に、登一郎は上がり込んでいた。

膳を並べると、清兵衛は改めて登一郎を見た。

「珍しいな、昼から」

そう言って、酒を注《つ》いだぐい呑みを口に運ぶ。江戸の男達は昼から酒を飲むことも多い。朝から一杯ひっかけて仕事に出る町人も珍しくない。

「うむ、実は相談、というよりも頼みがあって来たのだ」

懐から取り出した人相絵を広げて見せる。

「実はな……」

正次郎のことを説明した。

「ふうむ、では、この長友将馬という御仁《ごじん》は唐津から江戸にやって来たというのだな。何年前のことだ」

「うむ、唐津を出た年ははっきりとはしないらしいが、およそ二十年ほど前だったそうだ。父が浪人となって亡くなったため、江戸で士官するつもりで国を出たらしい」

「ふむ、父は唐津の藩士だったということか。しかし浪人になって跡を継げなかった、と……」

「実はな、それ以前、唐津の藩主は水野忠邦が務めていたのだ」

む、と清兵衛は上を向いた。

「そういえば、水野忠邦は領地替えをして浜松《はままつ》に移ったのだったな。そうか、その前が唐津だったのか……ふうむ、それはいつのことだ」

「わたしも改めて思い起こしたのだが、文化《ぶんか》十四年、今から二十五年前だ」

「そうか、江戸でも噂がもちきりだったのは覚えている。とんでもない国替えを果たした、そこまでするか、と」

「うむ、なにしろ、唐津は二十五万三千石、浜松は十五万三千だからな、十万石も減るのだ。おまけに水野家は徳川様に一万石を返上したのだ」

「ほう、それは領地替えの許しを得たいがため、か」

「そうであろう、それでお許しを得られたのだろう」

へえ、と清兵衛は目を歪める。

「わたしはお城のことにはさして関心がなかったからよく知らないが、なんだってそんな無謀《むぼう》な領地替えをしたのだ。出世を望むなら、石高《こくだか》の高いほうがよかろうに」

「いや、唐津にいては出世が叶わないのだ。唐津は長崎の隣であるため、御公儀から長崎の警護を命じられている。そうなると、国を長く留守にするわけにはいかず、領主は江戸で重い役に就くことはできないのだ。水野忠邦は奏者番《そうじゃばん》には就いていたが、唐津領主でいる限りは、若年寄や老中になる目はなかったというわけだ」

「なるほどな。では、水野は老中になりたかった、ということか」

「うむ、なんとしても、ということだろう」

頷く登一郎に、清兵衛は「はあぁ」と大きな息を吐く。

「なんだって、そこまで望むかねえ」

「わからん」

登一郎は苦笑する。

「しかし、そうか」清兵衛は膝を打った。

「十万石も減ってしまえば、水野家の家臣も減らされる、ということか」

「そういうことだ、禄《ろく》を減らすだけでは追いつくまい、おそらく大勢の家臣が暇《いとま》を出されたことであろう」

「で、浪人になった、と」

清兵衛はくい、と酒を飲む。

「そういうことだ」

登一郎もぐい呑みを傾けた。その腹の底で、それゆえであろう、と思いを巡らせる。

正次郎殿が御政道に、いや、水野忠邦の政に強い関心を持っているのは……。

思いながら、長友将馬の絵を見つめる。

ふうん、と清兵衛もそれを見た。

「だが、この浪人があふれかえっている江戸の町で、一人を見つけ出すのは難儀な話だ。士官を果たしたのか、浪人のままなのか、それもわからぬのであろう」

「うむ、手がかりはまったくない、やはり、無理だろうか」

ううん、と唸って、清兵衛は鱚の天ぷらを口に運んだ。

と、それをごくりと飲み込んだ。

「そうだ」

清兵衛はぐい呑みに残っていた酒を飲み干すと、徳利に蓋をした。

「酒はこれで終いにしよう、天ぷらも包み直す」

え、と目を丸くする登一郎に、清兵衛はにやりと笑った。

「これを土産に持って行く」

「持って、とはどこにだ」

「傘張《かさは》り長屋だ」

横丁を出て、二人は神田の辻を曲がった。

「こちらだ、さして遠くはない。わたしは以前、そこでしばらく暮らしていたのだ。浪人が多く集まる長屋でな、まだ残っている者がいるはず」

「ふうむ、浪人が傘張りをしてるためにその名がついたか」

「おう、まあ、皆が皆、傘張りをしているわけではないがな」

裏道に入ると、清兵衛は酒徳利を持つ手を上げた。

「そこだ」

長屋に入って行く。

入るとすぐに、手前に傘が並んでいた。張った物を干しているらしい。戸口の中をそっと覗くと、浪人が傘を張っていた。

そこを通り過ぎて、清兵衛は三軒目の家へと向かう。立ち止まって覗くと、「おっ」と笑顔になった。

「いたな、惣介《そうすけ》」

やや、と中から声が立つ。

「清兵衛殿ではないか」

「おう、邪魔するぞ」

入って行く清兵衛に登一郎も続いた。

襷掛けの男が手に竹ひごを持ったまま、こちらに膝を回した。その目が登一郎を捉えると、清兵衛が頷いた。

「同じ横丁の仲間で、真木登一郎殿というのだ」

「お見知りおきを」

と、礼をすると、惣介も頭を下げた。が、すぐ上げた目が酒徳利を捉えた。

「ま、狭い所ですが、どうぞ」

座敷に散らばった竹の棒を隅へと押しやる。奥には、できあがった小さな虫籠《むしかご》が積まれていた。

「虫籠作りか」

清兵衛の問いに、惣介が笑う。

「うむ、去年の夏までは鳥籠を作っていたのだが、小鳥飼いが贅沢とされて小鳥屋が廃業となったので、虫籠に変えたという次第。いくら妖怪奉行とて、野っ原の鈴虫《すずむし》まで贅沢とは言わんだろう、とな」

かかか、と笑う。

そうさな、と清兵衛も笑いながら、酒徳利を置いた。

「ま、やろう、天ぷらもある」

「おう、これはいい」惣介は盆に茶碗や箸を並べた。

「酒はこれで、だ」

茶碗を並べる。

注いだ酒を呷ると「で」と、惣介は並んだ二人を見た。酒と天ぷらはただではあるまい、とその目が窺う。

うむ、と清兵衛が目配せをすると、登一郎は懐から人相絵を取り出した。

「実は浪人を探していて、これがその顔。歳は四十、唐津の出で、江戸に来たのは二十年ほど前……」

登一郎が言うと、清兵衛が続けた。

「見かけたことはないか」

いやぁ、と惣介は顔を左右にひねった。

「ないですなぁ、それに二十年前とは……」

「ふうむ」と登一郎は眉を寄せる。

「やはり、難しいか」

「ううん」惣介は顎を撫でる。

「この御仁、腕は立つんですか、それとも学問に長《た》けている、とか」

「あ、いや」登一郎は首を振る。

「そのあたりは聞いてなく……」

「ふうん、腕が立つなら道場を探す、学問なら私塾を当たる、という手はありますが」

「なるほど」

登一郎が声を漏らすと、惣介は続けた。

「あとは書か、筆が達者なら筆耕《ひっこう》になっているというのも考えられますね、なれば書《しょ》肆《し》に当たる道もある」

「ほう、そうか」

清兵衛も唸った。

「それと」惣介は清兵衛に笑いかける。

「技芸ですね。絵が上手ならば、絵師を当たる、笛などが上手ければ芝居小屋の囃子《はやし》方《かた》を当たる、と。清兵衛殿のような御仁もおられますし」

そうか、と登一郎は清兵衛を見た。笛が得意であるために、以前に芝居小屋に出ていた、と聞いていた。

「そうだな」

清兵衛は笑う。

「あとは」惣介が絵を見て頷く。

「顔立ちはいいから、背丈が高ければ、大名行列の雇い入れというのもありだ。それなら、口入れ屋を当たればいい」

「おう、それもあったか」清兵衛は手を打つ。

「さすが、惣介」

ははは、と惣介は笑う。

「まあ、浪人の四代目ですからねえ、この長屋も長いし」

茶碗の酒を飲む。

登一郎は腕を組んで、惣介を見た。

「士官を果たした、というのは考えにくいであろうか」

ううん、と惣介はまた首をひねる。

「武芸や学問によほど優れていればありえますが、そのへんがわからないと、なんとも言えませんね」

「ふむ、それはそうか」

登一郎は首をひねる。どのような人物であったのか、見当が付かない。そもそも、早くに別れた正次郎殿とて、そのへんを知っているのだろうか……。

「天ぷら、いただいてもよろしいですか」

そう上目になる惣介に、清兵衛は盆を押す。

「おう、遠慮なく食べてくれ、海老も鱚もあるぞ」

「では」と、口に海老を放り込む。

「いやぁ、天ぷらなんぞ、久しぶりで」

油で光った口元をほころばせた。

二

戸口に向いて、登一郎は座っていた。朝日が外を明るく照らしている。

「おはようございます」

入って来た長明に、ああ、と声を落とした。

「そなたか、早いな」

先に正次郎がくれば、話ができたのだが……。

長明は顔を歪めた。

「え、いけませんでしたか、せっかくよい物を持って来たのに……」

手にした風呂敷包みを持ち上げる。

「む、なんだ、それは」

「母上からですよ」

座敷に上がると、包みを解いた。現れたのは蓋の付いた深鉢だ。長明が蓋を取ると、たちまちに麹《こうじ》の甘い匂いが立った。

「お、べったら漬けか」

覗き込んだ登一郎は口元を弛める。切られた白いべったら漬けが、山盛りになっていた。

「はい、屋敷に出入りする八百屋の物です。父上がお好きだから、持って行きなさいと、託されたのです」

ほう、と、登一郎は一切れをつまんで口に入れる。

「おう、よい味だ、久しぶりだな」

笑顔になった父に、息子も同じ顔で応える。

「お喜びだったと母上に伝えます。母上も櫛をお喜びでした」

え、と登一郎はむせそうになって、息を呑み込んだ。

「そなた、見たのか」

「はい、母上に渡したところ、その場で蓋を開けてご覧になったので、わたしにも見えました」

　咳を抑えながら、父は胸をさする。

「む、そうか……なにか言うていたか」

「ええ、どういう風の吹き回しでしょう、と、少し首をかしげておられました。で、気味が悪いこと、と小声で……」

　ぶっと、登一郎は大根を噴き出しそうになり、口を押さえる。

「ああ、なので」長明は苦笑いをかみ殺す。

「言ってしまいました。父上は昔、母上に恋するお人がいるのを知っていらした、という話を」

「なんと」

　目を剝く父に、息子は肩をすくめる。

「すみません、つい……されど、その恋敵《こいがたき》が役者の市川團十郎《いちかわだんじゅうろう》であったことをわたしが叔母上から聞いて、それをお伝えしたばかりだ、というのもちゃんと話しました」

　むうう、と登一郎は口を曲げる。

「ちゃんと、ではないわ」

「はあ、なれど、母上はそれで得心《とくしん》されたようです。あらまあ、と笑っておられました」

むむ、と登一郎は息子から顔を背けつつ、手を伸ばしてべったら漬けを口に放り込んだ。大根を嚙み砕く音が響く。

「それに」長明は笑いを含んだ声になる。

「あとで廊下を通りかかったときに覗いた、いえ、見えたのですが、母上は鏡に向かって櫛を差しておられました。にこにことしておられましたよ」

登一郎は横を向いたまま、大根を吞み込んだ。

「ふむ、そうか」

「はい」

息子はにこやかに頷く。

登一郎は顔を回して「佐平」と呼ぶ。

「はい、なんでしょう」

奥からやって来た佐平に鉢を指で差す。

「これをしまっておいてくれ、昼に食べよう」

「おや、こりゃ、お屋敷で買っていたべったらですね、懐かしい」

「ほう、見てわかるか」

「匂いでわかりますよ」佐平は蓋をしながら、頷く。

「これは奥方様が」

佐平が顔を向けると、

「うむ」と、長明は頷いた。

「相聞歌《そうもんか》のようなものだな」

「そーもんか」

「思い合う二人が交わす歌だ。歌でなく、べったらが返ってきた、と」

「はあ……」

佐平は首をひねりながら奥へ戻って行く。

登一郎は咳を払うと立ち上がり、

「湯屋に行く」

と、息子に背を向けた。そこに、

「おはようございます」

と、正次郎が入って来た。

登一郎は手拭いを懐に入れながら、声を低めた。

「正次郎殿に話があるのだが」

「は、では、午後にまた出直して来ましょうか」

「うむ、頼む」

登一郎は頷くと、正次郎と入れ違いに湯屋へと出て行った。


夕刻。

待っていた登一郎の元に、正次郎がやって来た。

「お待たせをしました」正次郎は硬い面持ちで向き合う。

「して、お話とは」

「ああ」登一郎は口元を弛めた。

「ちと、確かめたいことができたのだ。兄上は、なにか得意の技を持っておられたか。書や絵が上手ければそちらの方面、笛などの楽《がく》をたしなんでいれば芝居小屋の囃子方を当たることもできる。武術に優れていれば、道場の指南役などもある」

「武術……は、もちろん道場に通ってはいましたが、あまり得手《えて》ではないようでした。技のほうは、書は母に褒められていましたね、上手だこと、と。が、母はわたしの書も褒めてくれたので、当てにはならないかと」

小さく笑う正次郎に登一郎もつられる。

「ほう、わたしなど、なにも褒められたことがない。よい母上だ」

「はあ、母上はやさしい人だったので。よく膝に頭を乗せて、耳掃除をしてもらったものです。わたしや兄が父に怒られると、あとでそっと菓子などをくれて、冬にはみかんの皮を剝いてくれました。手のぬくもりが移って、少し温かくなったみかんでした」

正次郎は目を宙に向ける。

登一郎はその目の先を同じように見つめた。そういえば、母上は離縁された、と言っていたな。父が浪人となって養えなくなり、妻を離縁し、次男を養子に出した、ということか……。

正次郎は登一郎に目を戻す。

「そうだ、兄は楽も絵もたしなみはなかったのですが、算術と算盤に優れていました。父から教えられ、兄弟一緒に学んだのですが、わたしはどちらも才がないと早々に見限られ、兄が一人、励んでいました」

「ふむ、算術と算盤か、なればどこかの勘定役にでも、取り立てられたかもしれんな。禄の増えた旗本が浪人を家臣とすることは、ままあることだ」

「勘定役……」正次郎はうつむき、少し、その顔を上げた。

「実は父がそうだったのです」

「ほう、お父上は水野家の勘定役であったか。それで納得だ、跡継ぎに算術と算盤を教えたということだな。兄上がそれを得意としたのは、運がよいというものだ。人には向き不向きがあるからな」

「あ、はあ……」正次郎は声をくぐもらせる。

「ですが父は、そんな腕ではまだまだ、と叱咤《しった》しておりました。仕官できるほどの腕になったのかどうか、わたしは離れてしまったのでわかりません」

「ううむ、そうさな、確かに算術算盤に長けている者は多い……仕官というのは運と縁にもよるしな」登一郎は腕を組んだ。

「あとは、そうだ、背丈はどうであった、高いか」

「背丈……そうですね、友と一緒にいるところをよく見かけましたが、一番、背が高かったように思います。あの、背丈というのは、なにか……」

小首をかしげる正次郎に、登一郎は頷く。

「ああ、見栄《みば》えのする者は、大名行列の雇いがあるのだ」

「大名行列」

さらに首をひねる正次郎に、登一郎は苦笑する。

「うむ、江戸では、その雇いが多いのだ。参勤交代の時節には、江戸を立つ行列、あるいは入って来る行列が、次から次へと続く。すると、それを見物する者らが集まって来る。他国から江戸勤番になった武士らは、それほど多くの大名行列を見るのは初めての者も多いからな、大勢が見に集まるのだ」

「ははあ、なるほど。国許では、御領主様のほかは、せいぜい近くの大名行列が通るのを見るくらいですからね」

「そうであろう、江戸にはすべての大名が集まるゆえ、見るほうは較べて面白がるのだ。となると、行列を作る側は見栄を張らねばならぬ。で、員数を増やすために、人を雇うのだ。江戸から出て行くときと、入るときにな」

「あっ」正次郎が膝を打った。

「なるほど、それで雇い入れるわけですね、それも見栄えのする者を」

「さよう、浪人はもちろん、背丈のある者は町人や百姓でも雇われるのだ。纏《まとい》や槍を持つ者などは目を引くゆえ、身体が大きい者や顔立ちのよい者が好まれるのだ」

「はあぁ、なんと」

驚く正次郎の顔と兄の人相絵を見較べて、登一郎は頷く。

「顔立ちもよいゆえ、背が高ければ申し分なかろう。歩くのはせいぜい品川宿までだから、さほど若くなくともできる」

はあ、と嘆息《たんそく》を漏らしたまま、正次郎は苦笑を浮かべる。

「江戸にはさまざまの仕事があるものですね。しかしそうなると、ますます探し出すのは難しいですね」

「ふうむ、そうさな。正直なところ、見つけ出せるかどうか、わたしにも見通しがつかん」

「そうですよね」

肩を落とした正次郎に、登一郎は声を高めた。

「いや、できることはやってみる。あきらめるのはやるだけやってからだ」

胸を叩く登一郎に、正次郎は「恐れ入ります」と頭を下げる。

「わたしも脚が治ったら、探しに出ますので」

晒を巻いた脚をさすりながら、ゆっくりと立ち上がった。

登一郎も支えるように、戸口に付いて行く。

外に出ると、斜め向かいから口利き屋の利八も姿を見せた。

「おう」と登一郎は声をかける。

「このあいだの子供はどうなった」

「ああ」利八がやって来る。

「ちゃんと養い親の家に送り届けましたよ。一昨日、見て来たら、元気にしてました」

むう、と正次郎は眉を寄せた。

「子は泣きたくても堪《こら》えるものだ」

「ああ」利八は笑う。

「あの子は堪えませんでしたよ、最初にあたしが預かったときには、大泣きしたくらいで……けど、お縁さんにもすぐになついたし、今の家でもすっかり……実家は兄弟が多かったけど、今の家は一人っ子として大事にされてますからね。よっぽど仕合わせってもんですよ」

ふうむ、と正次郎の眉が弛む。

「そういうものか」

「ええ」利八が頷く。

「まあ、二つってえ歳もよかったんですよ、もう少し大きくなると、いろいろと思うことも出てきますからね」

「なるほど」正次郎も頷いた。

「情が湧かないうちに離れたほうが、確かに、仕合わせだな」

その目を空に向ける。

登一郎も、つられて空を見上げた。秋めいた雲が流れていた。直に八月か……。

そう、口中でつぶやいた。

三

台所から飯の炊ける匂いが漂ってくる。

登一郎は着替えをすませると、さて、と戸口に向かった。立てかけられた竹箒に手を伸ばそうとしたそのとき、戸の障子に人影が立った。

「ごめん……」

という声とともに、登一郎は戸を開けた。

「おお、そなたであったか」

徒目付の浦部だった。いつもとは違い、二本差しの折り目正しい姿だ。

「中へ」

人目につくのはまずい、と登一郎が戸を大きく開けると、

「失礼を」

と、浦部もするりと中へと入った。

「珍しいな」

早朝に、それもそのような姿で、と思う登一郎の胸中を読んで、浦部は小声で頷いた。

「登城前に寄ったのです」

む、と登一郎は手で階段を示す。

「上へ参ろう」

上がって行く登一郎に、浦部も続く。

座敷で向かい合うなり、登一郎は低い声で問うた。

「なにかあったか」

はい、と浦部はさらに声を低めた。

「実は、昨日、医官が桑名藩に向かったそうです。あちらから、要請があったようです」

「桑名……」登一郎は唾を飲み込む。

「矢部殿か」

　矢部定謙が永預けとなっている地だ。

「おそらく」

　頷く浦部に、登一郎は拳を握る。

「さらに具合が悪くなったということか」

　その言葉に、浦部は口を結んだ。その硬い面持ちに、登一郎は眉を寄せる。

「まさか」

　頭の中で考えが巡った。罪人として他国に預けられた者は、そこで厳しく管理される。外出などの自由は奪われ、幽閉《ゆうへい》同然の身となる。が、その身の安全と健康は保証される。預かるほうは、重い責任を負っているためだ。

「矢部殿の身になにか……」

　眉間の皺を深める登一郎に、浦部も顔を歪める。

「いえ、まだわかりません。なれど、もしや亡くなられたのでは、とささやく声が城中にあるのです」

「亡く……」

　登一郎は息を呑んだ。

預かりの者が死去した場合、その領主はすみやかに公儀に届け出なければならない。すると、公儀の医官が派遣され、検屍《けんし》が行われる決まりとなっている。不審なところはないか、死因はなんであったのか、医官が調べるのだ。

浦部は首を振った。

「手当のために行ったのか、もしくは検屍なのか、はっきりとはしませんが、状況が変わったのは明らかかと……」

「うむ」登一郎は口元に手を当てた。

「あいわかった、わざわざかたじけない」

「いえ」浦部は腰を上げた。

「なにかわかりましたら、また、お知らせに上がります」

階段を音もなく下りて行く。

登一郎もそのあとに続き、入って来たときと同じように、するりと出て行く浦部を見送った。

竹箒を手に取り、登一郎は外へと出る。

握った手が汗ばんでいることに気づいて、登一郎はそれを着物で拭った。

空を見上げると、その目を桑名に続く西の方へと、移していった。薄い雲が、流れていった。

「ほう」清兵衛は顎を撫でた。

「兄は算術と算盤が得意なのか」

「そうらしい」

正次郎から聞いた話を伝え終えて、登一郎は頷いた。

「そうか、ならば」清兵衛が立ち上がる。

「出かけよう」

あとに続きながら、登一郎は、

「傘張り長屋か」

と、問う。

「いいや、別の所だ」

外に出た清兵衛に、登一郎も並んだ。

神田の町を出て、清兵衛は日本橋の道を抜けて行く。

裏道に入って、いくたびか曲がると、一軒の小さな家を指さした。

「ちょうど昼時ゆえ、人はいないだろう」

そう言って、戸に手をかけた。

「ごめん、矢之助《やのすけ》殿、おられるか」

返事を待たずに入って行く。

「なんだ、清兵衛か」

座敷の男が振り向いた。白髪が半分ほど交じった鬢で、髷も細い。皺も深いが、それを笑みで動かした。

清兵衛の背後から覗き込んだ登一郎は、座敷に並んだ文机に目を留めた。机の上には算盤が置かれている。

「邪魔をしてよろしいか」

と清兵衛は、また返事を待たずに上がり込む。目顔で促され、登一郎も「お邪魔をいたします」と、草履を脱いだ。

ほうほう、と矢之助は二人に向かい合う。

「客人連れとは珍しいじゃないか」

「うむ、横丁の仲間で、真木登一郎殿だ」清兵衛は登一郎を目で示した。

「実は、この御仁が頼まれて人を探していてな、矢之助殿ならば、と頼って来たのだ。尋ね人は算術と算盤が得意な男らしい」

「はい」登一郎は言葉を受けて続ける。「長友将馬という名で、歳は四十、江戸に来たのは、二十年くらい前のことらしいのです」

ほうほう、と頷きつつ、矢之助は首をひねった。

「ということは、二十歳前の年頃か……ううむ、この手習所《てならいじょ》に来るのは商家の子供や小僧らばかり、年のいった者はおらんでな」

「いや」清兵衛は首を振る。

「習いに来たとは限らず、どこかで教えていたかもしれん。名を聞いたことはないか、と思うたのだが」

ふうむ、と矢之助はまた首をひねる。

「ないのう、いや、覚えておらんだけかもしれんが」

登一郎は懐から人相絵を取り出して広げた。

「このような顔で、と言っても、弟がおそらく、と思い描いたようすを描いてもらったのですが」

「ふうむ」絵を見ながら口を尖らせる。

「よくある顔立ちだのう。もうちっと目立つところがあれば覚えやすかろうが」

「はあ、まあ……あの、算盤の得意な浪人がどこかに雇われた、などという話も聞いていませんか」

「いやぁ、町人ならばよくある話だがの。わしが教えた子らも、何人かよいお店《たな》に奉公が決まったし……まあ、浪人もときどきは聞くがのう、旗本屋敷の用人になったとか、寺社に雇われたとか、大店に入ったとか……」

「寺社」

清兵衛がつぶやくと、登一郎も、

「大店」

と、つぶやいた。

「そうよ」矢之助は頷く。

「算盤はどこでも要るものだから、腕のある者は重宝《ちょうほう》されるわ。縁があれば、どんなとこにも入るものよ」

ううむ、と清兵衛と登一郎の唸り声が重なった。

「これは難儀だな」

清兵衛の言葉に「確かに」と登一郎も頷く。と、その顔を戸口に向けた。

子供らの声が近づいて来る。

「いや、邪魔をいたした」

登一郎に続き、清兵衛も頭を下げて腰を上げた。

「やれやれ」

外に出た清兵衛が首を回す。

「すまぬな」登一郎はその横顔を見た。

「世話をかけて」

「なあに、それはかまわん。こうなれば、あとは口入れ屋か」

「ふむ、そうだな、そちらも当たらねばならんな」登一郎は清兵衛の横顔を見た。

「清兵衛殿は、大名行列の日雇いをやったことがおありか」

ふむ、と清兵衛は空を仰ぐ。

「若い頃に一度、仲間に誘われてやってみたことがある。品川宿まで、しかつめらしく歩いたものだ」

「ほう、どうであった」

「いやぁ、大名行列は歩くのが遅くていらいらしたわ。荷物を持つ者はしかたがないとしても、こっちは手ぶらだ。それでもったいつけて歩くのは苦行《くぎょう》というしかない」

「なるほど」

登一郎は以前、将軍家斉《いえなり》が上野の寛永寺に参詣する際に、供奉《ぐぶ》したのを思い出した。

確かに、あの遅い歩みは却って疲れるものだ……。

「それでな」清兵衛は思い出し笑いを噴いた。

「すっかり嫌気が差したゆえ、放免《ほうめん》された品川宿で酒を飲んで騒いだ。したら、その払いが給金を超えていたのだ。それきり、もうしていないわ」

ははは、と笑う。

登一郎もつられて笑ながら、横顔を見た。

「その口入れ屋はどこにあったか、覚えているか」

ううむ、と清兵衛は首をひねる。

「仲間に連れられて行ったゆえ、屋号も覚えておらん。誰かに訊いてみるか」

それを聞いた登一郎の頭に、一つの顔が浮かんだ。

「ああ、いや、口入れ屋は当てがあるゆえ、世話はかけずにすむ」

「おう、そうか」

「うむ、だが、今日はもう終いにして、飯屋にでも行こう。どじょう鍋で一杯、というのはどうだ」

登一郎は道の先を指で差した。朝、浦部に聞いた話のせいで、朝食も中食も箸が進まなかったのを思い出す。腹が鳴りそうな気配がしていた。

「ほう、よいな」

清兵衛は笑顔になった。

「なれば」と応えたと同時に、登一郎の腹が鳴った。

「行こう」

と、足を速めた。

四

神田を抜けて北へと向かっていた登一郎は、そうだ、とつぶやいて道の先を見た。行くはずだった須田町《すだちょう》は神田の端にあるが、そこを通り過ぎて、上野へと進んだ。

以前、銀右衛門と共に訪れた紅梅屋の看板が見えて来た。

またなにか買ってもよいな……いや、もう少し間を置くか……。考えながら、店の前に立った。と、おや、と中を覗き込んだ。主らしい男がいる。それに向かい合っている背中は銀右衛門だった。

すぐに銀右衛門は向きを変えて、出て来た。

おかみと倅が見送りに出て来て、頭を下げる。

登一郎が近づいて行くと、銀右衛門は目を丸くした。

「おや、先生じゃないですか」

うむ、と頷きながら、登一郎は銀右衛門の右手を見た。小さな木箱を持っている。

銀右衛門は慌てて手を袖に引っ込め、箱を袖に落とすと、咳を払って顔を背けた。なんだ、と思いつつ、登一郎も気づかぬ振りをして目を逸らす。が、すぐにその目を店の奥に向けた。

「中にいるのは主か」

「ああ、はい」銀右衛門は頷く。

「過料の十貫文を払って、一昨日、放免されたそうです。先生はまた買い物ですか」

「いや、主はどうなったか、気になって足を伸ばしたのだ」

「そうでしたか、あたしもあれから気になって、ときどき覗きに来てたんですよ。そしたら、放免と……いえ、あとで先生にも顛末《てんまつ》をお知らせに行くつもりだったんですけどね」

「ふむ、ちょうどよかった、決着を聞いて安堵した」

登一郎が歩き出すと、銀右衛門も並んだ。

「足を伸ばした、とは、どちらにお行きで」

「須田町だ、ちと用事があってな」

「さいで」

　上野の広小路を歩く。

　銀右衛門は顔を横に向けて、くいと顎を上げた。その先に歩いているのは、町奉行所の同心だ。翻る黒羽織の下から朱房《しゆぶさ》の十手《じつて》が見え隠れしている。少し遅れて、手下の岡っ引きも付いて歩く。岡っ引きの腰にも小さな十手が差してあった。

　周りの者は、二人を避けるようにして間合いをとっていた。

　銀右衛門はつぶやく。

「南町の定町廻《じようまちまわ》りですよ、前はみんな、挨拶をしてたんですけどね、最近じゃ、気づかないふりして避けていく始末だ。まあ、岡っ引きのほうは前から好かれちゃいませんがね」

　岡っ引きは同心が配下として使う町人だ。小さな悪さをして同心と顔見知りになった者が多い。町人の落ち度を探ったり、告げ口をしたりするため、町の者からはもとより嫌われている。

「ほう」登一郎は十手持ちの背中を見つめる。

「奉行が鳥居耀蔵になってから、南町の取り締まりは厳しくなったゆえ、ますます疎《うと》まれている、ということか」

「ええ、さいでさ。あちこちのお店が迷惑を被《こうむ》ってますからね。みんな、怨んで嫌って、避けていくんですよ」

銀右衛門は顔をしかめる。が、そこに苦笑が加わった。

「いえまあ、そのせいで、あたしら金貸し稼業は忙しくなってるんですけどね……けど、気持ちよかぁありませんや」

顔を振る銀右衛門を登一郎は改めて見た。そうなのか、と思う。儲かればよいのかと思っていたが……。

おや、と銀右衛門は声を漏らす。む、と登一郎がその目の先を追うと、道の端から一人の男が飛び出していた。

若い男は、岡っ引きの背後から腕を振った。

小石が投げられ、肩に当たったのがわかった。

岡っ引きが振り向く。

「なにしやがる」

その大声に、周囲の足が止まった。

石を投げた男は、早足でこちらに来る。

「てめえだな」

岡っ引きは走って、その男の腕をつかんだ。

「なんだ」

同心も立ち止まって、振り返った。

岡っ引きは男の腕をひねり上げると、同心に大声を放った。

「この野郎が、あっしに石を投げつけたんでさ。こいつだけが逃げたんだ、間違《まちげ》えねえ」

「なんだと」同心がやって来た。

「不届きなやつめ」

十手を抜いて、振りかざす。

腕をひねられた男は、二人を睨みつけた。

周囲にいた人々は、立ち止まって見ている。

まずいな、と登一郎は眉を寄せた。助け船を出すか、しかし、どうする……。

そう考えつつ、足を踏み出そうとすると、銀右衛門がそれを制するように手で前を遮《さえぎ》った。そして、自ら前に進み出た。

「お待ちください」

つかつかと寄って行くと、銀右衛門は空を指で差した。

「石をぶつけたのは、そのお人じゃあない、あたしは見てましたよ、やったのはあの烏《からす》です」

すぐ上を数羽の烏が飛んでいる。

「なんだと」

二人の十手持ちが見上げる。が、すぐに岡っ引きが顔を戻した。

「ふざけたことをぬかすんじゃねえ、石は後ろから飛んで来たんだ、烏が下りてきて石を投げたとでも言うつもりか」

「いえいえ」銀右衛門は穏やかな顔で、背後の空を指さす。

「烏はあっちから飛んで来たんですよ、で、口から落としたもんで、後ろから当たることになったってわけです。あたしはこの目で見てましたから」

胸を張る銀右衛門に、周囲の皆が頷いた。

「ああ、そうだった」

道の端から声が上がった。

「そうそう、おれも見てた」

「おうよ、悪いのは烏のカア公だぜ」

男が空を指さすと、飛んでいる烏が「カア」と声を上げた。

「そら、白状しやがった」

「素直な野郎だ」

声が次々に上がる。

「烏をお縄にしちまえ」

声が笑いに変わった。

笑いながら、周りを取り囲んでいた者らが少しずつ、間合いを詰めてくる。

同心は、ちっと舌を打ち鳴らすと、掲げていた十手を下ろした。

「もうよい、行くぞ」

岡っ引きに言うと、くるりと背を向けて歩き出す。

ふんっと、鼻を鳴らして、岡っ引きはつかんでいた男の腕を放して突き飛ばした。

勢いで、男は地面に膝をついた。

銀右衛門は男に手を伸ばすと、助け起こした。

「すいやせん」

膝を払いながら、男は頭を下げる。

ふうん、と銀右衛門は男の顔を覗き込んだ。

「おまえさんも、禁令で迷惑を被ったくちかね」

「へえ」男は小さくなっていく十手持ちの背中を睨んだ。

「うちは小鳥屋だったんでさ。もう潰れてありゃしませんがね」

「ほう、そらぁ、腹も立つだろう」銀右衛門は頷くと、肩をぽんと叩いた。

「ま、次は上から放るんだな」

へ、と男は目を丸くしてから、「そっか」と笑顔になった。

「おう、そいつはいい」

「上手くやんな」

周りからも笑いが起きる。

さて、と銀右衛門は両手を払った。

「行きましょうか」

「うむ」

登一郎も足を踏み出した。

神田に入って銀右衛門と別れ、登一郎は須田町へ向かった。

向かう先は慶安《けいあん》の善六《ぜんろく》の家だ。

慶安は口入れ屋のことだ。以前、御家人の娘の行方を追って、訪ねたことがあった。御家人の娘を旗本の女中として口入れしたのが善六だった。

商家と武家を相手にしている、と言っていた善六の言葉を登一郎は思い出していた。

「ごめん」

半分開いた戸に手をかけると、中で人の気配が動いた。

「入るぞ」

土間に立つと、善六は目を眇め、「ああ」と言った。

「いつぞやの……」

眇めた目はそのまま歪む。

尋ねた登一郎に、嘘をついたことを思い出したのだろう。迷惑そうだな、と苦笑しつつ、登一郎は帳場台の前に立った。

「浪人を探しているのだ、長友将馬という名で、二十年ほど前に江戸に出て来た者だ」懐から絵を出して見せる。

「覚えはないか」

「さあて」善六は肩をすくめた。

「確かにうちには御浪人もおいでになりますが……」

「算術と算盤が得意な御仁だ」

登一郎の言葉に、善六は「ああ」と首を振った。

「それなら、うちじゃ口利きしませんね。うちは腕に覚えのある御仁を、まあ、あちこちにつなげるのが主で」

「ふむ、用心棒ということか」

「はあ、そんなようなもので」

善六は片頰で笑う。

「では、大名行列の斡旋《あっせん》はしておらぬか。この者、背丈もあるゆえ、見栄えがするはずなのだ」

「いやぁ、うちはあたし一人で細々《ほそぼそ》とやってますんで、大名家なんぞとはつきあいはありやせん」

「ふむ、なれば、そちらを手がけている口入れ屋は知らぬか」

登一郎の問いに、善六は首を左右にひねる。

「さいですね、一番手広くやってるのは日本橋の美濃屋《みのや》ですかね。そこでお尋ねになれば、ほかの口入れ屋も教えてくれるでしょう」

早く帰れ、とばかりのそっけない声音で言う。

「そうか」登一郎は苦笑を呑み込んだ。

「あいわかった、邪魔をしたな」

踵を返すと、外へと出た。

足下が明るい。西の空からまぶしい日差しが地面に落ちていた。

日を改めるか……。そうつぶやいて、登一郎は横丁への道を歩き出した。

五

二階の窓辺に座った登一郎は、南西の空を見上げていた。

矢部殿はどうなっているのか……。考えながら、胸の内で指を折る。桑名からの知らせは飛脚《ひきゃく》を使ったのかもしれない……。

飛脚であれば、三、四日で文書は江戸に届く。

しかし、医官はそうはいくまい、早馬で急いでも六、七日はかかるだろう……。

登一郎は、空を仰いだ。ここでわたしが焦《じ》れても詮方《せんかた》ないが……。息を吐いて、顔を戻す。と、その顔を巡らせた。

横丁の先で戸の開く音がして、足音が響いた。新吉が家から出て来たのだ。腕には、紙の束が載っている。

おっ、と登一郎は階段を駆け下りた。

外に飛び出すと、ちょうど新吉が来たところだった。

「お、先生、おはようございます」

立ち止まった新吉に、「うむ、おはよう」と返す。

「それは八月の暦か」

すでに八月に入っていた。

「へい、さいで、どうぞ一枚」

差し出された暦を受け取って、登一郎は礼を言いながら、掲げた。

「ほう、おみねさんの絵が細かいな」

秋の風物を描いた絵が、四方に描かれている。

「ええ」新吉は声を低めた。

「読売を作ってないんで、暇なもんですから、おみねもこっちに筆を振るったんですよ」

そうか、と登一郎も声を抑えた。

「ここのところ、大きな騒動は起きていないからな」

「ええ、まあ、世の中にとっちゃいいことですけど、あたしらは腕がむずむずしちまってね」

苦笑して、肩をすくめる。と、すぐに真顔になった。

「なにか、話の種はありませんか」

む、と登一郎は面持ちを引き締めた。

「今は……ないな」

へえ、と新吉は眼を動かす。

「今は、ですか」

覗き込む新吉の目から、登一郎は顔を逸らす。

「そいじゃ」新吉は足の向きを変えた。

「なんかあったら」

そう言って、歩き出した。

登一郎はそれを見送って、また空を見上げた。

暦を柱に貼っていると、

「おはようございます」

と、戸口に声が立った。

「おう、これは正次郎殿」

今日は講義の日ではないはず、と思いつつ、戸口へと行く。

やっ、と登一郎は目を瞠った。ずっと突いていた杖を持っていない。

「脚がよくなったのだな」

「はい」正次郎は土間に入って来る。

「もう骨は大丈夫そうなので、歩く修練を始めてます……あの、お邪魔をしてもよろしいでしょうか」

「おう、かまわぬ、お上がりなされ」座敷へと招き入れた。

「いや、兄上を探すことは続けているのだがな、まだ手がかりはつかめておらんのだ」

登一郎の言葉に、向かい合った正次郎はかしこまった。

「お手間をおかけし、恐縮です。これからはわたしも出歩きますので」

正次郎は息を吸い込み、「あの」と吐き出した。

「実は、きちんと話していないことがありまして、それをお伝えしたく、伺いました」

「ほう、どのようなことだ」

はい、と正次郎は顔を上げた。

「わたしの父は水野家の家臣ではなく、水野家の御家老二本松大炊義廉《にほんまつおおいよしかど》様の用人だったのです」

「ほほう、そうであったか」

登一郎はそういえば、と思った。なにやら口ごもっていたことがあったな……このことか……。

「御家老の家臣、ということだな。それはそれで大したものではないか」

登一郎の笑顔に、正次郎は硬かった目元を弛める。

「そう言っていただけると……嘘を吐《つ》こうとしたわけではなく、言ってよいものかどうか、迷っていたのです。されど、兄上探しまで手伝っていただいてますので、すべてお話ししたほうがよい、と思いまして」

「ふむ、それは確かに知っておいたほうが……しかし、隠すほどのことではあるまい」

「はい、ですが、それだけではなく……御家老様は、水野様に抗して切腹なさったのです」

「なんと」

登一郎は息を呑み込んだ。そのような話があったか、いや、聞いたことはないと思うが……。

正次郎はその戸惑いを汲んで、目で頷く。

「やはりご存じありませんでしたか。おそらく秘されたのかと……主君に抗して重臣が切腹したとなれば、御家の恥になりかねませんから」

「ううむ、確かに……して、どのようないきさつであったのだ」

はい、と正次郎はまた息を吸い込んだ。

「御家老様は勝手方《かってがた》だったそうです」

「財務《ざいむ》をまかされていたのだな、ふむ、それゆえに、正次郎殿の父上は勘定役を務めていたわけか」

「はい、二本松家の用人は、皆、算術算盤に長けていたらしいです。御家老様は水野忠邦様のお父上である先代の御領主様からお仕えしていたそうなのですが、命じられたようには財政を回復できずに、先代様から罷免されたということです。これは、あとになってわたしが聞き知ったことですが」

「ふむ、ずいぶん前の話であろうな」

「はい、で、そのあと、水野忠邦様が御領主を継がれ、二本松のお殿様をまた勝手方家老に任じたそうです」

「ほう、さようであったのか」

ええ、と頷いて、正次郎は遙か肥前を望むように顔を巡らせた。

「水野家が唐津の御領主となったのは、宝暦《ほうれき》の頃だそうで、当時から財政は厳しかったようです。お城に入ってまもなく、年貢の取り立てを厳しくしたそうで、領民からの不満が募り、明和《めいわ》の八年（一七七一年）には一揆《いっき》まで起きたそうです」

「一揆……」

「はい、その前の御領主の土井《どい》様、さらに前の御領主もさほど厳しい年貢を課していなかったそうです。それが、水野様になって、いきなり厳しくなり、それでは生きていけぬと百姓が先に立ち、漁師らも意を合わせて一揆を起こしたそうです。二里松原《にりまつばら》に大勢の人々が集まって……」

「松原」

「はい、唐津には二里松原という浜があるのです。初代の御領主寺沢《てらさわ》様が長い砂浜に多くの松を植えたのです。その後、御領主様が変わっても、大切に受け継がれてきた松原で、わたしも子供の頃にはよく行きましたが、それは美しい浜です」

「ほほう……しかし、その頃は御公儀から一揆は堅く禁じられていたはず」

「はい、なので、お城は慌てたのでしょう。一揆の噂が江戸に伝わる前にと、民の要望をすべて呑んで、治めたということです」

「ふうむ、そのようなことがあったのか。まあ、明和となれば我らが生まれる前のことゆえ、知らずとも当然ではあるが……されど、水野家はもとより善政とは無縁であった、ということか」

はい、と正次郎は眉を寄せる。

「わたしも後年になって知ったのです。父の墓参りのために唐津を訪ね、お寺の方などに聞いたのです。一揆のあとも御領主様は、百姓は愚昧《ぐまい》の者が多いゆえ厳しくせよ、と庄屋に命じていたそうです。水野家の政はその方針で受け継がれたようで……」

ううむ、と登一郎も眉を寄せた。

「それでは、家老の二本松殿も難儀をしたであろうな」

「おそらく……御家老様はその一揆から年を経ていたせいもあって、先代の御領主の命《めい》で年貢の取り立てを厳しくしたそうです。ほかにもさまざまに工夫をなさったと……」

「ふむ、しかし、はかばかしい結果は得られず罷免された、ということか。されど、水野忠邦によって、再び登用されたということは、ほかに勝手方をまかせられる人物がいなかったということであろうな」

「それも、おそらく……御家老様は再びお役に就いたあとも、さまざまな策を立てられたそうです。しかし、御領主、水野忠邦様は密かに領地替えを考えられていた、ということです」

「ううむ、老中になりたいという望みに走ったわけか。なるほど、では、二本松殿はそれに反対をしたのだな」

「はい、そう聞いています。石高を大幅に減らしてまで領地替えをすれば、一番困るのは家臣です。召し抱えることのできなくなった家臣は捨てられるのが目に見えているゆえ、御家老様は、強く反対をなさったそうです」

「当然であろうな」登一郎は顔を歪めた。

「一番、財政をわかっているのが勝手方だ。いかに家臣とはいえ、いや、家臣なればこそ、主の理不尽は諫《いさ》めるのが務め……お、そうか、そのために腹を切ったのか」

身を乗り出す登一郎に、「いえ」と正次郎は首を小さくかしげた。

「それが御家老様が切腹なされたのは、領地替えが決まった日だったのです」

「なんと」

「忘れもしません、文化十四年（一八一七年）九月二十九日でした。唐津大明神のお祭りの日で、わたしも兄と参詣に出かけていました。その人が多く集まっていた境内に、人が駆け込んで来たのです。浜松への領地替えが決まった、と知らせに……お囃子が鳴り止み、笑い合っていた人の声がどよめきに変わり、すぐにしんと静まりかえりました。そして、たちまちに人が散って行ったのです」

正次郎は天井を仰ぐ。

登一郎は祭りの賑わいが散って行くさまを思い描いた。人々の歪んだ顔が目に浮かぶようだった。

唾を飲み込むと、正次郎は顔を戻した。

「わたしも家に帰りました。すると、夕刻になって、父が青い顔をして慌ただしく戻って来たのです。御家老様がお腹を召された、と……そのあとのことはよく覚えていないのですが……」

ううむ、と登一郎は唸った。

「では、二本松殿はなにゆえに……諫めるためでないとすれば、せめてもの抗議か……」

「わかりません。後年、唐津で話を聞いたなかでは、止めることができなかった責めを負ったのではないか、という人もいましたし、この先、もう務めを果たすことはかなわぬという絶望ゆえだろう、いや、もう仕えたくないと思ったのだろう、などと、人の口はいろいろでした」

「そうか、唐津に残っていたのは、もはや水野家の家臣ではないから、思うことを言えたのだな」

「そうなのでしょう、それらを聞いて、わたしもわからなくなりました。なにゆえに、御家老様はそのようなことを、と……そのとき、わたしは幼《おさな》かったので、驚きばかりでしたし。ですが、今、先生がおっしゃったように、せめてもの抗議だったのかもしれません」

ふうむ、と登一郎は腕を組んだ。

「まあ、亡き人の真意はわからぬものだが……しかし、そのこと、わたしは知らずにいた。もっとも、わたしもその頃は二十歳前後ゆえ、お城に上がっていたわけではないが」

「おそらく御公儀には知られないよう、伏せたのではないでしょうか、水野様にとって名誉なことではありませんし」

「そうだな。せっかくなった領地替えに難癖をつけられたようなものだしな」

登一郎は膝を打った。

「そうか、これで得心した、それで長友家は浪人となったのだな」

「はい、二本松家がどうなったか、くわしいことは知りませんが、多くの用人が暇を出されたそうです。それゆえ、わたしも翌年に養子に出されたわけです」

口元を歪める正次郎に、登一郎は頷く。

「正次郎殿は、それゆえに水野忠邦の政に関心を持ったのだな」

「はい、国を捨て、家臣を捨ててまでの出世とは、いったいなにを望んでのことだったのか、この目で確かめたかったのです。兄上探しもありますが、江戸に来たのは、それも目的でした」

前を見据えて、正次郎は拳を握る。

うむ、と登一郎は頷く。

「脚も治ったことだし、これからその御政道を見て回るとよい」

「はい」

正次郎はきっぱりと頷いた。

第五章　抗議の代人

一

朝の掃除のために外に出た登一郎は、すぐに竹箒を持つ手を止めた。

二軒隣の銀右衛門の家から、おさとが出て来たためだ。

「おはようございます」

にこやかに寄って来るおさとの手には、以前と同じ弁当の箱があった。

「朝ご飯はすみましたか」

「いや、これからだ」

「よかった」と、おさとは箱を差し出す。

「またおっかさんが持って行けって」

ほう、と登一郎は受け取ると、

「今度はなんだ、あの煮魚はよい味であった」

「中を見てください、今度はいろいろ入ってるんですよ」

その言葉に、登一郎は家の中に入り、おさともそれに続いた。

上がり框で蓋を取ると、「ほう」と登一郎は声を漏らした。

「おうい、佐平、来てみろ、また煮物をもらったぞ」

呼びかけに佐平が台所からやって来る。

「おや、こりゃ旨そうだ」

覗き込んだ佐平が目を丸くする。箱の中は四つに仕切ってあり、それぞれに違う物が詰まっている。

「これは蛸《たこ》の煮物」おさとが指で差す。

「で、こっちは小松菜と油揚げの煮浸《にびた》し、で、これは蓮根《れんこん》のきんぴら、あとはあさりと叩き牛蒡《ごぼう》の煮付けです」

「よい匂いだ」登一郎は顔を上げた。

「よいのか、こんなにもらって」

「はい、おとっつぁんにも置いてきました。おっかさんたら、いっぱい作ったんですよ」

　おさとは笑顔になると、声を低めた。

「はりきっちゃって……このあいだあたし、おとっつぁんから言付《ことづ》かったんです。おっかさんに渡してくれって、小さな箱を渡されて……」

　ああ、と登一郎は思い出す。小間物屋で持っていたのはそれか……。

　おさとは肩をすくめる。

「櫛だったんですよ、赤漆の。おっかさんはいい歳をして赤なんてって言ってましたけど、あとで髪に挿して鏡を覗いてました」

　登一郎は長明の語った照代の姿をも思い出し、うほん、と咳を払った。いずこも同じ、ということか……。

「へえ」佐平が笑顔になる。

「そりゃ、相聞歌ってやつですわ」

　登一郎は小さく咳込んだ。佐平の顔を見ると、にこりと返された。

「相聞歌って」おさとは首をかしげる。

「歌のやりとりでしょう……あ、そっか、同じだわね」

　手を打って微笑む。

佐平は、二人の顔を交互に見て、手を伸ばした。

「ちっと、つまんでいいですかい」

頷く二人に、佐平は蛸を口に入れ、頬を動かした。

「や、こりゃ旨い、柔らかくて臭みがない、いい匂いだ」

はい、とおさとは頷く。

「蛸は煎茶《せんちゃ》で煮込んでるんですよ、江戸煮って言って、おっかさんの得意料理なんです」

ほう、と登一郎は牛蒡に手を伸ばす。

「おう、これもよい味だ。牛蒡も柔らかで味がよく浸みている」

「そうでしょう、牛蒡はあたしが叩いたんですよ」

満面の笑みになるおさとに、登一郎も笑顔で返す。

「さっそく朝の菜でいただこう、おっかさんに、ああいや、銀右衛門さんにも、よろしく礼を伝えてくれ」

「はい」

おさとはにこやかに頷くと、出て行った。

台所から、飯の炊ける匂いが漂ってきた。

日本橋の裏道を進んで、登一郎は看板を見上げた。美濃屋、と記されている。

口入れ屋にしては大きいな……。口中でつぶやきながら、登一郎は中へと入った。

座敷では二組の客と手代が、向き合って話をしている。客はどちらも若い町人だ。

「あっしはしゃべりがだめなんで、口きかなくってもいいのを頼んます」

もごもごとした声が聞こえてくる。

「力仕事なら、なんでもできますぜ」

もう一人はそう言って力こぶを見せている。

それを見ていると、別の手代が登一郎に近づいて来た。

「こちらへどうぞ」

奥のほうへと手招きをする。そこには帳場机があり、男が算盤をはじいていた。手代はその手が止まるのを待って、「旦那様」と呼びかけた。

ん、と主は顔を上げると、登一郎の頭から足下までに目を動かした。

武士は主が相手をするのだな……。そう思いつつ、登一郎は男に向き合った。人を見る目、というやつか……。しかし、不快な目ではなかった。

「お待たせしました」

主は机から離れると、座敷の際《きわ》に寄って来てかしこまった。

「あたしがここの主、嘉右衛門《かえもん》です」そう言って見上げる。

「で、どのような仕事をお望みで。今なら筆耕の仕事がありますよ、書肆が写本を作るのに、人手をほしがってますんで」

「いや、すまぬ、そうではないのだ」登一郎も姿勢を正した。

「実は人を探していてな。こちらでは浪人の口利きを手広くしている、と聞いて訪ねてまいったのだ」

「御浪人、ですか……まあ、確かに御武家様にもいろいろの口入れはしていますが、その分、多ございますのでな、人探しとなるとお応えできるかどうか」

ふむ、と登一郎は懐から人相絵を取り出して広げた。

「この御仁でな、歳は四十になったはず」

ふうん、と嘉右衛門は首を伸ばした。

「よくあるお顔立ちですな」

「うむ、皆、そう言う、だが、悪くはあるまい。おまけに背丈があるはずゆえ、大名行列の雇いには、向いていると思うのだが」

「なるほど」嘉右衛門は首を戻す。

「うちではそれもやっていますが、数も多く、その日限りの雇いですから、帳面にもいちいち残しません。毎度、来るお人は別ですが」

「そうか……だが、もしかしたら、毎度来ていたかもしれん。九州から来て、伝手《つて》もなかったはずなのだ」

「九州ですか、まあ、江戸にはあらゆる国から人が集まってますが……したが、御武家様のお言葉には、はず、が多ございますが、そのお方を直《じか》にはご存じない、ということでしょうか」

「うむ、実は探しているのはその御仁の弟なのだ。わたしはそれを手伝っている、というわけでな」

「なるほど、わかりました。して、九州はどちらの出の方ですか」

「肥前の唐津藩だ」

「唐津」嘉右衛門が目を動かした。

「ほう、さいで。お名前は」

「長友将馬、だ」

「は」嘉右衛門の眉が寄る。

「長友……」

うむ、と登一郎は人相絵を裏返して、正次郎が書いた字を見せる。嘉右衛門は身を乗り出しかけて、それを止め、字を見つめた。それを上目にして、登一郎を見る。

登一郎は首を伸ばした。

「心当たりがあるのか」

ああ、いえ、と嘉右衛門は身を戻して、咳を払った。

「その御仁を探しているのは弟、なんですね、名はなんという方です」

「柴崎正次郎、という」

それを聞いて、嘉右衛門の口が音のないままに動く。口中で柴崎正次郎とつぶやいているのが見てとれた。

「養子に行ったので名が違うのだ」

続いた説明に、嘉右衛門は「さいですか」と膝を両手でさすった。

登一郎は絵を畳む。

「唐津を出たのは二十年ほど前らしい。算術と算盤が得意らしいので、どこかに仕官した、いや、寺社や大店に雇われたことも考えられる。そういう口入れはしておらぬか」

「はい、することもあります」

嘉右衛門は背後を目で示した。棚に帳簿が並んでいる。

「口入れをした先や送った人の書留もありますが、いかんせん、二十年も前となれば、すぐには調べられません」

ふむ、と登一郎も棚を見た。

「それはそうか……や、ということは、調べてくれるのか」

「ご依頼とあらば。時折、人探しの方も見えますんで、当方では手間賃をいただいて調べる、という決まりにしております」

「おう、さようか、手間賃は払う、頼む」

頷く登一郎に、嘉右衛門も頷き返した。

「では、四、五日のちにまたお越しください」

「承知した。あ、わたしは真木登一郎と申す。頼んだぞ」

登一郎は踵を返す。歩き出したその背に、

「あ、お待ちを」と、嘉右衛門が声を上げた。

「その際に、その弟というお人もお連れになってはいかがですか。そのほうが話が通じやすいでしょう」

「ふむ」登一郎は振り向いて頷く。

「そうだな、そうしよう」

登一郎は外へと出た。その頃には、正次郎殿もうまく歩けるようになっているだろう……。

二

黄昏《たそがれ》の戸に、人影が映ったのを見て、登一郎はすぐに土間に下りた。

「ごめんくだされ」

掠れた声が聞こえると同時に、中から戸を開けた。

その間合いに浦部喜三郎は驚きの面持ちを見せつつも、すぐに入って来た。

「お邪魔を」と言いつつ、浦部は咳き込む。

「失礼を、急いで来たもので」

いや、と登一郎は振り返った。

「佐平、上に茶を持って来てくれ」

はい、と響く声に頷きながら、登一郎は浦部を手で招く。

「上へ参ろう」

二階の座敷で、腰を下ろした浦部は折り目正しい姿だ。下城の道すがらに寄ったと見て取れる。

正面から向き合う登一郎を、浦部も見返した。

「今朝、桑名から飛脚が着いたそうです」

「うむ、して、どうなった」

腰を浮かせる登一郎から目を逸らして、

「矢部様が亡くなられたそうです、七月の二十四日だったそうです」

低くつぶやいた。

登一郎は、浮かせた腰を落とした。

そうか、と言おうとするが、声が出ない。

浦部がささやく。

「やはり、食を断たれたことで命を落とされたようです。桑名藩は急ぎ、江戸に使いを出し、医官を要請したようです。出向いた医官は検屍を行い、不審なところはない、と飛脚で知らせてきたらしいです」

「そうか」

やっと掠れ声が出た。その目を伏せると、喉を震わせた。

「命を賭《と》して抗議をなさったのだな」

「おそらくは」浦部が頷く。

「城中では臓腑《ぞうふ》の病だったのではないか、という人もありますが、大方《おおかた》は、抗議の食断ちであろうと話しています。医官もそちらの見立てのようです」

「ふむ」登一郎は顔を伏せる。

「そちらのほうがいかにも矢部殿らしい。もともと老中にも真っ向から異を唱えたお方だ。道理に合わぬことを、抗議せずにすませるはずがない」

はい、と浦部が目顔で頷く。

そこにとんとんと階段を上がる音が響いた。

「お待たせを」

佐平が茶椀を置いていく。

浦部はひと息に飲んで、息を吐いた。

登一郎も大きな息を吐くと、伏せていた顔を上げた。

「しかし……」

その顔を城の方角へと向けた。見えない城を睨みつけるように、登一郎は唇を嚙みしめた。

登一郎も茶を流し込むと、音を立てて茶碗を置いた。

「なんという理不尽か……」

拳を握る。顔に赤味が上っていくのが、自分でもわかった。

浦部が小さく口を開いた。

「城中でも陰で鳥居様を悪し様《あざま》に言う声が増えています」

ふん、と登一郎は鼻を鳴らす。

「陰で、か……どこまでも己の身は守りたい、となる。それこそが理不尽をまかり通らせているというに」

吐き出すように言って、登一郎はふっと口を曲げた。

「いや、人のことは言えぬな。我とて、役人の頃には、それが身の処し方と思うていた」

眉間に皺を刻む登一郎に、浦部は顔を振った。

「なれど、真木様はお城を去られたのですから、ほかの方々とは違います。わたしなど、未だに……」

その顔を伏せる。

登一郎は苦笑を見せた。

「城勤めの理不尽さは、町に来て深く悟ったのだ。人はその渦中《かちゅう》にいれば、渦《うず》の黒さなどわからぬものだ」

なるほど、とつぶやいて浦部は少し残っていた茶を飲み干した。と、その顔を上げた。

「確かに、理不尽への怒りは、お城の人らよりも町の者らのほうが強いのが常。城中の人々は渦中にいるゆえ、鈍くなっているということでしょうか」

「ふむ、わたしはそう思うぞ。とくにこの横丁にいると、そう感じ入るわ」

はあ、と浦部は城のほうへと顔を向ける。

「城中でも広まりましたから、明日には町に伝わることでしょう」

「そうか」

登一郎は町を見渡すように顔を巡らせた。城中のことはすぐに町にも伝わり、町に伝われば、瞬《またた》く間に広まるのが常だ。ううむ、と登一郎は唸った。

浦部は窓を見た。障子越しの外が暗さを増しているのを見て、腰を上げた。

「では、わたしはこれにて」

「うむ、知らせ、かたじけない」

登一郎は音もなく階段を踏む浦部に続いて、下へと下りると、出て行く浦部を見送った。

さて、と腕を組みながら、登一郎は座敷を歩く。このこと、新吉さんに知らせるか……読売にはふさわしい話だ。しかし、早すぎるか……。

奥まで行って、ぐるりと回り、また戻って立ち止まった。しかし、いずれ町にも知れ渡るだろう……それを待つか、待たないか……。

登一郎はじっと畳を見つめる。

そこに佐平が、そっと寄って来た。

「食断ちってのは、あれですね、早良親王《さわらしんのう》と同じですね」

ぎょっとして顔を上げ、

「聞いていたのか」

と眉を寄せる登一郎に、佐平は首を縮めた。

「いえ、ちっと聞こえただけで……わかってますよ」

佐平は口の前に指を立てた。

登一郎は、まあ、と思う。話を漏らすような迂闊者《うかつもの》ではないか……。

「そうだな」登一郎は頷く。

「無実の罪を着せられ、抗議のために食を断って死んだ、というのは同じだな。千年経っても、人のすることは変わらんということだ」

早良親王は兄の桓武天皇《かんむてんのう》によって、淡路島《あわじしま》への配流《はいる》の罰を受けた。重臣の藤原種継《ふじわらたねつぐ》が暗殺され、その罪を問われたためだ。

「けど」佐平が首をかしげた。

「なんで、早良親王はそんな罪をなすりつけられたんですかい」

「ふうむ、そのへんははっきりせんな。早良親王は皇太弟《こうたいてい》として次の天皇に就くことが決まっていたから、邪魔になったのかもしれん。桓武天皇に男子が生まれたゆえ、その子を跡継ぎにしたかったのではないか、とも言われているがな」

「へえ、おっかねえ話ですね」

「うむ、権勢を巡る争いは恐ろしいものだ」

「けど、食断ちなんて、つらいでしょうに。いっそ、腹をかっさばいたほうが楽に死ねるんじゃないんですかい」

「いや、切腹は武士の仁義だからな、天皇家や公家らは考えもしないだろう」

「へえ、そうなんですかい。まあ、確かに切腹は腸《はらわた》が出て大変らしいけど、そんなら喉を突くとか……」

佐平は自分の喉に手刀を当てる。

ふっと登一郎は苦笑しながら首を振った。

「配流になる者に刃物は持たせせんから、それは無理だろう」

言いながら、矢部定謙の顔が思い浮かんだ。

預けの身も刃物は取り上げられる。もしも、矢部殿が刀を持っていたら……おそらく、腹を切ったことだろう……。

登一郎は拳を握った。

「佐平、夜明けに握り飯を作ってくれ」

「あ、へい、またでかいの六つでいいですかい」

「うむ、頼む、ちょっと出てくる」

登一郎は外へと飛び出した。

「新吉さん、いるか」

戸に呼びかけると、すぐにおみねが出て来た。

「はい、どうぞ」

中へと招き入れられた登一郎は、新吉と向き合った。

「話がある」

その眼差しに、新吉は唾を飲み込んだ。

「ひょっとして、読売のネタですか」

「うむ、大きなネタだ」

ああっと、と声を上げて、新吉は立ち上がった。

「そいじゃ、今、文七さんと久松さんを呼んできます。みんなで聞きますんで」

「おう、そうか」

文を書くのは文七だ。

草履を履く新吉を追って、

「そんじゃ」おみねも立ち上がった。

「あたしが久松っつぁんを呼びに行くよ」

「おう、そうだな」

二人は戸口で振り返る。

「先生」

「ちょいと、待っておくんなさい」

「うむ」

登一郎は拳を握って頷いた。

三

明るくなり始めた外に、登一郎は布巾《ふきん》を掛けた皿を抱えて出た。

新吉の家は夕べから灯りが点いたままだ。

登一郎は裏口からそっと入ると、二階への階段を上った。

その足音に、四人が振り向いて、こちらを見ていた。久松が手に馬連《ばれん》を持ち、三人は紙や墨を手にしている。

「おう、勝手に上がったぞ」

登一郎は皆の前に皿を置いた。

「握り飯だ」

布巾をとると、皆が白い握り飯を覗き込んだ。久松の腹がぐうと鳴った。

「そいじゃ」おみねが立ち上がる。

「御味御汁《おみおつけ》を作ってくるよ」

「おう、お新香《しんこ》もな」新吉は言いながら手を伸ばした。

「いただきます」

「あっしも」

久松と文七も続く。

登一郎は床に散らばった刷り立ての読売を一枚、手に取った。

「見てよいか」

「ええ、けど、まだ乾いちゃいないんで、気をつけてください。おみねの絵が手間取ったんで、摺り始めたのが夜明け前で」

ふむ、と登一郎は紙の端を持って掲げた。

右下に描かれた大きな白菊《しらぎく》の花は、花びらがしおれて枯れている。その花の上に、男の後ろ姿が乗っている。置かれた膳に背を向けている様だ。

「なるほど、食を自ら断ったことを示しているのだな」

「さいでさ、白菊は潔白の印だって、おみねは言ってました」

新吉が頬を動かしながら頷く。

ふむ、と登一郎は左の絵に目を向けた。

雲に乗った仏の姿が描かれている。

「これは阿弥陀仏《あみだぶつ》だな」

その雲を突き抜けて、一本の矢が上に昇っていっている。

「そうか、矢で矢部殿を示したか」

「ええ、おみねはずいぶんと考え込んでましたけど、結局、そういう絵になりました」

「ふむ、矢があの世に昇った、ということか……」

登一郎は文章に目を移す。

蛤御殿《はまぐりごてん》の八《はち》さんの無念、と題されている。

桑名藩を名物の蛤で暗示したのだな、と登一郎は目で追う。八さんは、前の読売で使った名だ。矢部の矢にかけてある。

前の読売では、矢部定謙が鳥居耀蔵の企みによって濡れ衣《ぎぬ》を着せられ、罷免、改易となり、桑名藩に永預けとされたことを伝えた。

〈蛤御殿に閉じ込められた八さんは、妖怪から無実の罪を着せられた無念と義憤に身を焼きつくし、ついには命を賭けることと相成った。出された膳には手を出さず、食を断っての抗議に出《いで》しこと、まさにいにしえの早良親王の如く、その身は日々に衰えしも、動ずることなく意気を通すは、真、武士の鑑《かがみ》といえり。その志貫き通し、ついにはその命を捨て去って、晴天の下《もと》に身の証を立てるに至る〉

ふむ、と登一郎は文七を見た。

「亡くなったことのみに、筆を振るったのだな」

「ええ」文七は握り飯を飲み込みながら頷く。

「鳥居耀蔵のことはみんな知ってますからね、今さら書かずともいいかと……それより、矢部様が食断ちで死んだことを知らせなけりゃと考えたもんで」

とんとんと足音が上って来た。

盆を持ったおみねが入って来る。

「さ、どうぞ」

しじみの味噌汁が配られた。

登一郎は散らばった読売を見回す。

「これからまだ刷るのであれば、売るのは昼過ぎになるか」

「ええ、八つ半（午後三時）に始めようと思ってます」

「ふむ、見張りはわたしにやらせてくれ」

「はい、もちろん」新吉が頷く。

「この話は先生の持ち込みですからね、是非、お願いします」

おう、と胸を叩く。

「わたしは矢部殿の抗議を引き継ぐ覚悟でやるぞ。矢部殿は屈したのではない。むしろ、不屈の抗議を、命を賭けて示したのだ」

「ええ」文七が頷く。

「あたしもそのつもりで書きました」

「そっか」久松が膝を打った。

「そんなら、あっしらは不屈の抗議の代人だ」

「おう、それだ」

新吉も腿を叩いた。

「しかし」登一郎は神妙に皆を見る。

「これは重々、気をつけねばならん。鳥居耀蔵は目くじらを立てるだろう、南町の役人に厳しく取り締まりを命じるはずだ」

三人は目顔で頷く。

「先生」おみねが言った。

「見張り、よろしくお頼みしますよ」

うむ、と拳を握った。

「では、八つが過ぎた頃にまた参る」

拳を握ったまま、登一郎は立ち上がった。

八つ半。

登一郎は両国の広小路に立った。

〈最初は大きな所、で、順に小さい辻に移ります〉

新吉に示された順番で初めの場所だ。

広い道が見渡せる場所に立ち、登一郎は掌に笛を握りしめた。

来た、とその目を移す。

狭い裏道から、三人が現れた。それぞれが深編み笠を被っている。その姿で読売と見て取った人々が、集まり出す。

「さあさあ、妖怪に捕まって蛤御殿に閉じ込められた八さんの話だ」

新吉が声を張り上げる。

「濡れ衣を着せられた八さんは、憤怒のあまり腹を決めた、命を賭けて抗議しようと……」

文七も久松も、それぞれの腕に読売の束を乗せている。

新吉の口上とともに、人がわらわらと寄って行く。

「え、矢部様が死んだのかい」

読売を買った者らが顔を見合わせる。

たちまちにざわめきが起き、読売が飛ぶように売れていく。

最初は楽だな、と登一郎は辺りを見回した。役人がまだ読売に気づいていないため、すぐにはやって来ない。

「てえへんだ」読売を手にした男が走って行く。

「矢部様が命を賭けた抗議だ」

続く男も手に読売を掲げて、

「みんなに知らせなきゃ」

と、走り出す。

これはあっという間に広まるな……。登一郎は顔を巡らせた。

遠くから、黒羽織がやって来るのが見えた。

と、笛を口につけた。

ぴぃいっ、と笛を鳴らす。

深編み笠の三人は、たちまちに散った。

三方に走って行く。

登一郎も人混みに紛れ、その場を離れた。

次は、深川だな……。

逸《はや》る足を抑えながら、登一郎は東へと歩き出した。


二日目は芝《しば》から海辺の町を回った。読売を手に入れた町奉行所が、役人の数を増やしたのだろう、三箇所目に同心が駆けつけて来た。それでも、六箇所に立ち、多くを売りさばいた。


三日目。

次は湯島下だな……。登一郎は上野広小路を抜けた。

湯島の坂上には湯島天神があり、参道には多くの参拝客が行き交っている。

登一郎はゆっくりと歩きながら、辺りを見渡した。ここですでに四箇所目だ。太陽も中天から西へと傾き始めている。登一郎はそれを見上げて、その目を左右に移した。

三人はばらけて逃げ、次の場所で落ち合うのがいつもの手はずだ。裏路地で支度を調え、辻などに出て来る仕組みだ。

来た、と登一郎は道の向こうを見た。

深編み笠を被った三人が、駆けて来る。

参道の手前で止まると、新吉が声を張り上げた。

「さあさあ、読売だ、濡れ衣を着せられた八さんの話だ」

お、と人が寄って行く。

「あれだろ、矢部様のこったろう」

「おう、買いてえと思ってたんだ」

男らが手を伸ばす。

「こっちにくれ」

「こっちもだ」

口上につられて人が集まっていく。

登一郎は少し離れて立っていた。坂の上も見える、三方の道の向こうも見える場所だ。

「ほんとに飢え死にしたのかよ」

男らの声が飛ぶ。

「けど、矢部様らしいじゃねえか」

「おうよ、妖怪ならぜってぇにしないぜ、そんなこと」

読売を手にした男らが、離れて行く。

登一郎は人々に目を配る。前に、探索方の役人に捕まりそうになったことがあったためだ。姿を町人に変えていたため、ひと目で見抜くのは難しかった。

おや、とその目を留めた。

人の群れの中に、見覚えのある男がいた。

あの岡っ引きだ、と登一郎は唾を飲む。

以前、銀右衛門と上野に来た際、出会った南町の役人とその手下の岡っ引きだ。小鳥屋の男から石を投げられ、怒鳴ったその顔をはっきりと覚えていた。

登一郎は首を伸ばした。

岡っ引きの腰に十手は見えない。どうやら、密かに探りに来たらしい。

岡っ引きはくるりと身を回すと、人の群れから離れて走り出した。横道に駆け込んで行く。

まずいな……。登一郎は笛を口に当てた。

高い音を放つと、三人は読売を懐にしまい、走り出した。

と、横道から、同心が二人、飛び出して来た。一人は上野で会った同心だ。

その同心が走って行く新吉を追う。

登一郎は足を踏み出そうとして、止めた。新吉は足が速い。すでに、どこかの裏道に飛び込んで、見えなくなっている。

その目で文七を追う。

走って行く文七を、もう一人の同心が追っている。

いかん、と登一郎はそのあとを追った。

文七は以前、役人に腕をつかまれ顔を見られている。また、同じようなことになってはまずい……。と、登一郎は走った。

小さな辻を文七は曲がった。

同心もそれに続く。

丁字《ていじ》の突き当たりになった所で、文七が止まった。

左右どちらに行くか、顔を振る文七に同心が近づいてく。

と、そこに「おうい」という声が表から響いた。

「井崎《いさき》どこだ」

同心は振り向いた。

登一郎は顔を背けながら、この者の名か、とつぶやく。

もう一人の同心が戻って来たらしい。新吉を見失ったのだろう。

井崎は登一郎を見る。

ええい、と登一郎は走り寄った。とにかく、文七さんを逃がさねば……。

文七は登一郎に気がついて、顔を振る。逃げろ、という顔だ。

井崎は二人を見比べると、

「仲間か」

と、仁王立ちになった。

どうする、と登一郎は刀に手をかけた。いや、役人を斬るわけにはいかない、と手を離す。

「井崎」

表から再び、声が上がった。

井崎は返事をせず、走り寄った登一郎に、身を斜めにして道を空けた。

え、と登一郎はその前を過ぎて、文七と並んだ。

井崎はくいと顎を上げた。

「行け」

登一郎と文七は目を見開く。

井崎は目顔で頷く。

「よい、行け」

登一郎と文七は顔を見合わせた。

「井崎」

声が近づいて来る。

登一郎は文七の腕を取って、右に走り出した。

「かたじけない」

小さく振り向いて声を投げると、井崎は目で頷いて背を向けた。

横道を抜けて、登一郎と文七は次の路地へと駆け込んだ。

しばらく走って、やっと二人は足を止めた。

思わず振り返るが、来た道は静かだ。

「なんで……」

文七が息を整えながら額の汗を拭いた。

登一郎も首筋を拭きながら、空を見上げた。

「あれは南町の同心だ……おそらく、矢部殿を慕っていたのだろう」

へえ、と文七は目を眇める。

「なるほどね」

登一郎は「さっ」と歩き出す。

「次へ行こう、そこで終いにするよう、新吉さんに言ったほうがよい」

ええ、と文七も並んだ。

四

「おはようございます」

やって来た正次郎は、懐から畳んだ紙を取り出した。

「この読売、見ましたか、龍庵先生にもらったんですが」

「うむ、見た」

頷く登一郎に、正次郎は歪んだ顔を振る。

「このようなことがまかり通るとは、信じがたい。これは水野様もご存じなのでしょうか」

「うむ、当然知っておろう。武士の重罪への刑罰は、老中の許しがなければ下すことができん。さらに預けの者が死んだとなれば、すぐに知らせが上がることになっている」

憮然《ぶぜん》とした登一郎の口調に、正次郎も口を曲げる。

「なんと、非道なことを……水野様の政がこれほどとは……」

うむ、と登一郎は眉間を狭める。と、その面持ちを変えて手を打った。

「いや、そうだ、すっかり忘れていた。正次郎殿に言わねばならぬことがあったのだ」

「は、なんでしょう」

「日本橋の口入れ屋に行ったところ、古い帳簿を調べてもらえることになったのだ。そこは浪人への口利きも多くしているところでな、もしや、兄上の名が記されているかもしれん」

「真ですか」

「うむ、で、四、五日後に来てくれ、と言われていたのだ。できれば正次郎殿も一緒に、と。行けるか、足は大事ないか」

「はい、行きます、大丈夫です」

ふむ、と登一郎は指を折る。

「五日目、だな、よし、では明日、参ろう」

「はい」

正次郎は目を見開いて頷いた。

美濃屋の中に入ると、すぐに奥で目が動いた。

帳場台の嘉右衛門がこちらを見ている。

「あの御仁が主の嘉右衛門さんだ」

登一郎が正次郎をそちらに連れて行く。

嘉右衛門は帳場台を離れ、座敷の際まで、膝で出て来た。

「連れてまいった」登一郎は正次郎を目で示した。

「こちらが長友将馬を探している弟の柴崎正次郎殿だ」

正次郎が小さく礼をして進み出る。

膝をついたままの嘉右衛門はその顔を見上げた。

その目が揺らぎ、口が動いた。

「小弥太《こやた》か」

え、と正次郎は首を伸ばす。と、じっと主の顔を見て、手を上げた。

「えっ、もしや……兄上……」

「ああ、やはりそうか、小弥太だ」

ええっ、と大きな声を上げたのは登一郎だった。二人の顔を見比べ、懐から人相絵を取り出す。それを広げて、改めて嘉右衛門の顔を見た。

ううむ、と絵と顔を見比べて唸る。

「そういえば、似てなくはない……いや、しかし……」

正次郎は腰を落として、嘉右衛門と顔の高さを同じくした。

「真に兄上、なのですか、いや、小弥太の名を知る人など江戸には……」

「そうだよ、将馬だ」嘉右衛門は立ち上がった。

「とにかく、奥へ行こう、真木様もどうぞ」

登一郎にも目顔で誘う。

二人は草履を脱いで、嘉右衛門のあとに付いた。

奥の座敷で向かい合うと、すぐに女が茶を持ってやって来た。

「そら、おつね、やはり弟だったぞ」

嘉右衛門は目を細めて言う。

「まあまあ、ほんとに、そんなことが……」

手をついて頭を下げるおつねを差して、

「女房だ」

と、嘉右衛門が微笑む。

「や……初めまして」

戸惑う正次郎に、再び礼をして、おつねは「ごゆっくり」と出て行った。

正次郎は口を動かすが、言葉が出てこない。登一郎は黙って、二人を交互に見た。

確かに、こうして見ると似ているか……。

嘉右衛門はひと息、吸い込んだ。

「いや、小弥太が養子に行った先は医者だったってのは覚えてたものの、名はすっかり忘れていた。柴崎正次郎と言われても、聞いたことのない名だったんで、わけがわからずに考え込んだ。いや……」登一郎に向いて頭を下げる。

「すみませんでした、知らない振りをして。こんな仕事をしていると、初見《しょけん》の人を怪しむのも癖になっていまして」

「ああ、いや、それも道理」登一郎は首を振る。

「まさか、わたしもこのようなことになるとは思いもしなかった」

嘉右衛門は苦笑して頷く。

「いや、あたしも……あの日、真木様がお帰りになってから、じっくりと考え始めたんです。長友将馬という名を知る人は、ごく限られている。唐津の出という話も合っているし、出て来たのが二十年ほど前というのも正しい。弟という者の名に覚えはないが、もしかしたら、小弥太かもしれない。養子に行ったのだから、名が変わっても不思議はない。そう思うようになりまして……なので、今か今かと、お越しになるのをずっと待っていたのですよ」

目を細めて正次郎を見る。

「ずいぶんと立派になったもんだ」

いえ、と正次郎は膝の上で拳を握った。

「わたしも町ですれ違ったとしても、兄上とは気づかなかったでしょう。まさか、町人になっているとは、思いも至りませんでした」

ふふ、と嘉右衛門は笑う。

「そうさな、あたしだって、こんなつもりで江戸にやって来たわけじゃない。来た当初はどこかに仕官をしようと、気を張っていたものだ。だが、仕官を望む浪人が、江戸には掃いて捨てるほどいるというのがすぐにわかった。腕の立つお人、血筋のいいお人、学問に秀《ひい》でたお人など、あたしなど足下にも及ばないというのがわかったよ」

登一郎は黙って頷く。

「しかし」正次郎は部屋を見回す。

「よもや、口入れ屋に……」

床の間に飾ってある掛け軸は、宝袋を背に負った大黒様の絵だ。

ふっと、嘉右衛門はまた笑った。

「初めは、大名行列の日雇い仕事にやって来たのだ。田舎から出て来た取り得もない浪人には、それくらいしかできないからな。同じような浪人がたくさん集まっていた。それからは、参勤交代の時期が来ると、あたしはここにやって来たんだよ。そのうちに、あのおつねと言葉を交わすようになってな、ははは」

冷えた笑いが明るく変わった。

「おつねはここの一人娘で、主は婿養子を探していると話していた。あたしはすっかりおつねを気に入ってたもんで、算術と算盤が得意です、と主に訴えたんだ。したら、おつねのほうも将馬様がよい、と親父様に言ってくれてな」

照れた顔になる。

「ほう」登一郎も目を細めた。

「それで、長友将馬から美濃屋嘉右衛門になられたわけだな」

「ええ。嘉右衛門はここの爺様の名だったそうで、あたしが継ぐことになったんです。親父様はもう亡くなりましたが」

「なれど」正次郎が拳を開き、また握る。

「はるばる江戸にやって来たのに、武士を捨てるなど……」

なあに、と嘉右衛門は口を開けて笑った。

「そもそもは、江戸をこの目で見たい、というのが一番の心持ちだったからな。水野様が豊かな唐津を捨ててまで江戸でやりたかった御政道とはどんなものか、知りたかったまでよ」

え、と正次郎は身を乗り出した。

「わたしもです、わたしもそう思って、江戸に来ました。いえ、兄上を探す心づもりもありましたが」

「おう、そうだったか」嘉右衛門は弟と目を合わせる。

「やっぱりおんなじことを考えるんだな。御家老様のことも思うと、どうにも腹の収まりが悪くてな」

「はい、あの唐津大明神の祭りの日は忘れられません」

「おう、小弥太でさえ、そうか。あたしは御家老様にお目通りしたことがあるから、よけいだ。そら、あの算盤」

嘉右衛門は振り向いて床の間を目で示した。古びた算盤が台に載っている。

「あれは元服《げんぷく》の折にお目通りした際、御家老様がくださったんだ。励め、と言ってな」

登一郎と正次郎は黒ずんだ算盤を見る。

「悔いは」正次郎が声を落とした。

「ないのですか。長友将馬の名を捨てて」

「ないな」嘉右衛門は笑顔で顔を振る。

「武士などと威張っても、大小を腰に差しているだけのことよ。禄も仕事もないなら、町人や百姓のほうがよほど偉いわ」

その晴れ晴れとした笑顔に、正次郎の面持ちも弛む。と、

「あっ、そうだ」と腰に手を当てた。

差していた脇差しを抜くと、前に置いた。

「わたしが兄上を探したのは、これを渡すためだったのです」

登一郎が覗き込む。あの馬の鍔の脇差しだ。

「盗まれたのを、こちらの先生が取り戻してくださったのです」

正次郎はこれまでのいきさつを話す。

「ほう、そりゃそりゃ」嘉右衛門は改めて頭を下げた。

「大変なお世話になりました」

いや、と登一郎は脇差しを見つめる。

「そうか、正次郎殿はそのために……」

「はい。打刀は兄上が譲られたので、脇差しと揃えて持たれたほうがよいと思って……」

「なんとっ」嘉右衛門は額を叩いた。

「そいつはすまん。あの打刀はもう持っておらんのだ。とうの昔に売り払ってしまったからな」

「え……」

「浪人の頃に金に困って売ってしまった。もう、仕官もあきらめていたからな」

「それは……」

正次郎の震える口元をよそに、嘉右衛門は苦笑する。

「まあ、さほどの金にはならなかったがな。父上はもったいぶっていたが、それほどよい物でもなかったということだ」

肩をすくめて笑う。

正次郎の歪んだ面持ちに、登一郎は咳を払った。

「まあ、新たな道を進めば、古い物は無用になるのが常、ということだ」

「はい、さようで」嘉右衛門が頷いて、真顔になった。

「あたしは、きっぱり道を変えました。江戸でさんざん浪人の苦労を見て、助ける側に回ろうと思ったんですよ。唐津でも苦労したが、来てみれば江戸の暮らしとて、まったく楽じゃない。それなら、仕官して自分だけ楽になるより、みんなを楽にする手伝いをしようと思った、とこういうわけで」

胸を張る兄を、正次郎はまっすぐに見つめた。

「それは……わたしも医者として思っています」

「おう、そうか、父上はやはり見る目があったな」

「見る目……」

「そうだ、小弥太は賢いから学者か医者の養子にするといって、散々駆けずり回っていたもんだ。その甲斐があったってことだ」

「えっ……そうだったのですか」

「そうさ、あたしのことはどうでもよさそうだったから、少しばかり口惜しかったくらいだ」

「え、いや」正次郎の頰が引きつった。

「わたしは次男で不要ゆえ、口減らしで出されたとばかり……母上が捨てられ、わたしまで、と思って……」

「なんだ」嘉右衛門が目を剝いた。

「母上が捨てられたとはどういうことだ」

「父上が浪人となって、稼ぎもないゆえに、母上とわたしが邪魔になったのだと、そう思っていたのですが」

「なんとっ、そんなふうに思っていたのか、馬鹿なやつめ……」

嘉右衛門は身を反らした。が、ゆっくりとそれを戻した。

「だが、そうか、小弥太はまだ十《とお》になっていなかったのだから、わからずともしかたないか。いいか、母上は父が捨てたのではない、実家に連れ戻されたのだ」

え、と正次郎の目が丸くなる。

嘉右衛門は顔を左右に振った。

「もともと、母上の家のほうが家格が高かったってえ話だ。父上は御家老様に目をかけられていたから、出世するだろうと踏んで縁談が調ったらしい。それが、御家老様があんなことになったから、母上の実家は慌てて連れ戻したってわけだ。浪人の妻では不憫《ふびん》すぎる、と言ってな」

「そんな……」

「そんな次第だ」

嘉右衛門は苦く笑う。

正次郎はゆっくりと肩を落とした。握った拳をじっと見つめる。

嘉右衛門は腕を伸ばして、弟の肩に手を置いた。

「なにやら、いらぬ気苦労をしたようだな」

ぽんと肩を叩くと、顔を覗き込む。

「小弥太は立派な医者になったんだ、父上も喜んでおろうよ」

正次郎は唇を噛みしめた。

登一郎はそっと横顔を覗く。噛んだ唇を震わせながら、正次郎はうつむいた。

嘉右衛門は天井を仰ぎ見た。

「あたしは江戸に来て、思わぬ暮らしになったが、これでよかったと近頃はますます思っている。水野様が権勢を握ってからは、質素倹約だ贅沢は禁止だと暮らしにくい世の中になったからね、みんなが困っている。あたしはみんなを助けることができて、うれしいんだ。水野様を諫めたのに果たせなかった御家老様の無念を、少しでも晴らせるんじゃないかと思ってね。父上も、最後まで御家老様を慕っていたからな」

兄の言葉に、正次郎が顔を上げる。黙って、まっすぐに兄の顔を見た。

兄は微笑みかける。

「小弥太はどうする、江戸で医者をやるのか、それとも長崎に戻るのか」

正次郎はその目を天井に向ける。

「どうするか、まだ決めてないので……」

呆然とした面持ちを、登一郎も嘉右衛門も見つめる。

「ともかく、また寄ってくれ」

嘉右衛門の言葉に、正次郎は宙を見たまま頷いた。

五

戸口からおさとの顔が覗いた。

書見台から顔を上げて、登一郎は「おう」と笑顔になった。

「こんにちは」おさとが風呂敷包みを手に入ってくる。

「これ、おっかさんが持ってけって」

上がり框に寄って行った登一郎の前に置くと、おさとは包みを解いた。

「お、また煮物か」

覗き込む登一郎に、はい、とおさとは弁当箱の蓋を取る。

四つに仕切られた中には、卯《う》の花、鰻《うなぎ》の短冊煮《たんざくに》、炒り豆腐、海老の串焼きが詰まっている。

「これは旨そうだ、しかし」登一郎は顔を上げた。

「もう十分だ、これ以上もらうわけにはいかん」

「あら、いいんですよ、佐平さんにもお世話になってるし、先生のおかげでおとっつぁんは素直になったんだから。あ、けど、この先は、あんまり持って来られないと思います」

おさとは肩をすくめた。その目を銀右衛門の家のほうへ向けると、くすくすと笑い出した。

「おとっつぁん、このあいだ、煮物もいいけど天ぷらが食べたいなんて言い出して、だから、帰っておっかさんにそう伝えたんです。そしたら、天ぷらは揚げたてがおいしいんだ、食べたけりゃ家で食べりゃいいって……」

「ほう」登一郎も横に目を向けた。

「確か、ずいぶんと家に戻っていないのではなかったか」

「ええ、もう三年くらい……あのときは、おとっつぁん、急に帰ってきて、あたしらはちょうどお昼ご飯を食べてたんです」

「ふむ、では、一緒に食べたかったのかもしれんな」

「そうかも……けど、その日に限って、おっかさん、忙しかったんで、お昼は朝の残りの目刺しと湯漬け、お新香だけだったんです。おっかさんが食べますかって訊いたら、おとっつぁんはいらんって言って、部屋に行っちまったんです」

「ふうむ、腹は減っていなかったのかもしれんな」

「ええ、そのときはあたしもそうかなって思って……けど、おっかさんが怒り出して……来るなら来ると知らせてくれれば、ちゃんとした物を作っておいたのにって、目を真っ赤にして、出て行っちまいました」

首を縮めるおさとに、登一郎はふうむと腕を組む。

「それは……おっかさんが怒るのもわかる気はするな。よりにもよって粗末な膳の日に来るとは、と……それにせっかく来たなら旨い物を食べさせたかった、という口惜しさ……そんな心持ちがあったのではないか」

「ええ、あとになってあたしもそう思いました」

「ふむ、で、銀右衛門さんはどうしたのだ」

「着替えだけ持って、出て行きました。けど、去り際にあたしにお小遣いをくれて、いつでもやるから横丁に来いって……それからあたし、ここに来るようになったんです」

「ほう、そうであったか」

腕を解いた登一郎は、顎を撫でた。と、その手を止めた。

「や、それは粗末な膳を見て、家に金がない、と思ったのではないか」

「はい、あたしもずいぶんあとになって、そう気づきました。うちはお正月に一年分、おとっつぁんがお金を置いていくんです。別に足りないわけじゃなかったんですけど、あの昼ご飯を見て、そう思ったのかもしれないって。だから、勧められても食べなかったんじゃないかって。あたしらの分が減っちゃうから」

また肩をすくめるおさとに、登一郎は頷く。

「なるほど……うむ、そうに違いない。しかし、おっかさんはどう思っているのだ。おさとちゃんは、それを言ったのか」

「あたしも気がついたのは、だいぶ経ってからだったし、おっかさんはそのときから、へそを曲げたままだったし……いえ、言ってはみたんですよ。けど、おっかさんは、おとっつぁんの話になると、昔のことを言い出すんです。あのときこうだったとか、あんなことを言ったとかしたとか、しなかったとか……まあ、おっかさんも意地っ張りなんです」

　おさとは自分の言葉に頷いて、笑い出す。

「昔はわからなかったけど、今となっちゃ、もう、似たもの夫婦だと思ってるんです」

　手をひらひらとさせて、笑う。

　ふむ、と登一郎は苦笑した。

「蓋を開けてみれば意地の張り合い、ということか」

　人のことは笑えぬがな、と、腹で思う。

　おとは胸をさすって笑いを収めた。

「そんなわけですけど、ときどきは煮物、持って来ますから。佐平さんにもよろしくお伝えください」

「うむ、佐平は今、洗濯している」

「あら、じゃ、あたしもしようっと、それじゃ」

　おさとはくるりと背を向け、外へと飛び出して行った。

　登一郎は弁当箱の鰻を一つつまんで、その蓋を閉じた。

日の落ちた戸口に、人の声が立った。

「ごめん、おられるか」

おっ、と登一郎は慌てて立ち上がる。

「お入りくだされ」

声の主が戸を開けた。酒徳利と包みを手にした遠山金四郎だ。後ろに清兵衛もいる。

「邪魔をいたす」

上がり込んできた二人に、登一郎は自らいそいそと膳を運んだ。

佐平は徳利を受け取って、台所へと戻る。燗をつけながら、慌ただしく小鉢などを出す。

胡座をかいた金四郎は、持って来た折り詰めの箱を置いた。

「また持って来たぞ、華屋の贅沢寿司だ」

「おう、これはありがたい」

登一郎が開けると、清兵衛も笑顔になる。

「おう、こいつは旨かった」

三人は運ばれてきた熱燗を注ぎ合い、すぐに手酌に変わった。

金四郎は三杯、立て続けに飲むと、大きく息を吐いた。

その眉間が寄り、顔が歪む。それを見た登一郎も同じ顔になった。胸中に浮かんでいるのは、同じ顔だとわかっている。

「まさか、このようなことになるとは」

登一郎がつぶやくと、清兵衛が顔を上げた。

「矢部様のことか」

うむ、と登一郎が頷くと金四郎は、また酒を呷った。

「鳥居忠耀め、腸が煮えくりかえるわ」

金四郎は相役《あいやく》だけあって、改名した忠耀の名で呼ぶ。その手でなみなみと酒を注ぐと、またぐいと呷った。

そのぐい呑みを勢いよく膳に置くと、金四郎は口を拭った。

「わたしはますます腹を固めたぞ。とことん、抗してやる」

鳥居耀蔵が奉行を務める南町奉行所は奢侈禁止令を掲げて厳しい取り締まりを行っているが、遠山金四郎が奉行を務めている北町奉行所では、そのような厳しい取り締まりは行っていない。

「おう、わたしもだ」

登一郎は膝を打つ。が、すぐに咳を払って、その膝をさすった。

「いや、なにもできることはないが……」

目を浮かせる登一郎に、清兵衛は目顔で小さく笑った。

読売のことを清兵衛は知っているが、金四郎は知らない。知っても、見ぬ振りをするだろうことはわかっているが、それが負担になることが明らかだ。

登一郎は「そういえば」と金四郎を見た。

「先日、南町の役人と口を利くことがあったのだが、その者……なんというか、職務に忠実とはいえぬようすであった」

「ほう」金四郎は顔を向ける。

「そういう者もいるらしいな。南町の役人は鳥居忠耀に従っている者がほとんどだが、なかには忠実ならざる者もいるようだと聞いている」

「ほう、そんな者がいるのか」

清兵衛が小首をかしげる。

「おう、特に矢部殿を仰いでいた者などは、鳥居に尽くす気はせんだろう。従うのは表向きで、腹の中では嫌っている者も多いしな」

金四郎の言葉に、清兵衛の首がさらに曲がる。

「嫌っている割には、南町の役人は取り締まりに容赦がないな」

「ああ、それはそれ、好き嫌いと出世のための損得は別だ」

「うむ」登一郎も続ける。

「善悪と損得も別だ、役人は」

「そうよ」金四郎は頷く。

「腹の底がどうであれ、選ぶのは出世の近道だ。そこだけはぶれぬのが役人というものよ」

はあっ、と清兵衛が声にならない唸りを上げる。

「なんという道か、わたしはつくづく役人にならなくてよかった……いや、二人には申し訳ないがな」

ははは、と金四郎は笑う。

「生まれで決まる道ゆえ、どうしようもない。わたしとて、生まれ変わって選べるなら、役人になんぞならん」

「うむ」登一郎も頷いた。

「わたしもお役を辞するまではさして思っていなかったが、こうして町で暮らしてみると、ようわかる。役人は見えない鎖でつながれているようなものだ。損得、保身、競い合いと、すべてが出世のための縛りだ。放たれてみて、いかに窮屈であったか、思い知ったわ」

言ってすぐに、登一郎は金四郎に頭を下げた。

「いや、わたしは逃げ出した身ゆえ、遠山殿には顔向けできないが」

「なあに」金四郎は身体を揺らす。

「わたしとて、今はこうして踏ん張っているが、いつまで保《も》つかわからん。抗うのは力がいるからな」

「ううむ」清兵衛が金四郎に酒を注ぐ。

「しかし、金さんがそうやって鳥居や水野に抗すれば、矢部様もあの世で少しは救われるというものだ」

「うむ」登一郎は宙を見る。

「矢部殿の遺志を継ぐようなものだ」

「そうか」金四郎は酒を流し込んだ。

「そう考えれば、気張らねばならん」

「おう、金さんは町の救いだからな」

清兵衛は寿司の折り詰めを差し出す。

金四郎は手でつまむと、それを口に放り込んだ。

登一郎と清兵衛も、手を伸ばす。

台所から新たに燗のついた酒の匂いが漂ってきた。

六

「父上、おはようございます」

長明が早足の勢いそのままに、飛び込んで来た。

「おう、早いな」

「はい」上がり込んできた長明は、抱えていた風呂敷包みを前に置いた。

「母上から預かった物があるので」

む、と見つめる父に、息子は笑顔になる。

「襦袢を仕立てたそうです。もう涼しくなってきたので、少し厚手の布地にしたそうです」

にこやかに見つめる息子から目を逸らして、

「む、そうか」と、登一郎は包みを引き寄せた。

「かたじけない、と伝えてくれ」

「はい」長明はそのまま父を見る。と、小首をかしげた。

「それだけでよいのですか」

登一郎は咳を払うと、「よい」と頷いた。

はあ、と長明は傾けた顔を戻す。

そこに「おはようございます」と正次郎が姿を見せた。

「おう、待っていた、さ、どうぞ」

登一郎は風呂敷包みを抱えて立ち上がる。

座敷に上がった正次郎は、「あの」と親子を見た。

「実はお話が」

その言葉に、登一郎は戻って対座した。

神妙な面持ちの正次郎は、かしこまって手をついた。

「勝手ながら、蘭学の講義、今日を最後にさせてください」

ん、と登一郎は首を伸ばした。

「いや、手をお上げ下され。それはかまいません、こちらの勝手でお願いしたことゆえ。しかし……」

もの問いたげな声音に、正次郎は登一郎に顔を向けた。

「わたしは小石川養生所《こいしかわようじようしよ》に行くことにしました」

ほう、と登一郎は目を開く。

小石川養生所は八代将軍吉宗《よしむね》が作った、庶民のための医院だ。医者に払う薬礼《やくれい》や薬代は、高価なために貧しい者は病になっても、手当を受けずに済ますことが多い。安価な売薬ですませたり、偽物同様の医者にかかって手遅れになることも少なくない。そうした状況を踏まえて、無料で手当を施す養生所が作られたのだ。

「龍庵先生に聞いたのです」正次郎は言う。「それで関心を持っていたのですが、先日、兄の話を聞いて、思いが湧いたのです。兄が困っている人を口入れで助けるのであれば、わたしは医者として助けられるのではないか、と」

聞きながら、長明は戸惑いの目を父に向けた。なんのことか、と問うているその眼差しに、登一郎は、あとで話す、と目顔で返した。長明は目で頷くと、黙って正次郎を見つめた。

「昨日、養生所に行って来たのです」

拳を握る正次郎に登一郎は、ほうと身を乗り出す。

「動きが早いな、して……」

「はい、無給の見習いとしてであれば置いてもよい、と言われました」

「ふむ、なるほど。養生所は御公儀の支配であるゆえ、許しなく人を入れることはできん。しかし、無給なれば、文句は言われまい」

「ああ、そういうことでしたか」

頷く正次郎に、長明も「へえ」とつぶやく。

「正次郎先生はそれでよいのですか」

「うむ、なんの不足もない。養生所の先生方は、仁《じん》の志をお持ちと見えた。わたしは長崎では富裕のお人を診ることが多かったが、常々、貧しい人々も診たいと思っていたのだ」

正次郎は己に頷くように、首を振った。

「ふむ」登一郎は目を細める。

「それこそ、仁の意気だ、よいではないか。長くいれば、医官のお役をいただけるかもしれん」

「あ、いえ」正次郎は肩をすくめる。

「役人になりたいという気はないのです。むしろ、わたしは外から御政道を見ていたい……役人の仕組みに取り込まれてしまうと、志どころではなくなるのではないか、と、正直、恐れが……」

「ふむ、なるほど」登一郎は腹の底で頷く。確かに、役人となれば、気づかぬうちに汚れに染まりかねないか……。

「それは賢明かもしれん。ほどほどで引くというのも道だ」

「はい、それに何年、江戸にいるか、まだ決めてないのです。水野様の政を見届けたい、というのが一番にありますが、唐津に戻らねば、とも思っています」

「唐津、長崎ではなく、か」

登一郎の問いに、正次郎は顔を伏せる。

「はい、父の墓参りをせねば、と……わたしは長く、父に対して思い違いをしていたので、それを謝らねば、あの世で合わせる顔がありませんから」

ううむ、と登一郎は天井を仰いだ。と、指で上を示した。

「昔、和尚《おしょう》から聞いた話だが、あの世というのは存外、近くにあって、この世の者が言うことは聞こえているそうだ」

「え、そうなのですか」

「うむ、見えないだけで、近くにいるらしい。そこから、気にかかる者を見ているということだ。であれば、わざわざ墓参りをせずとも、お父上に通じるのではないか」

「そう、なのでしょうか」

「わたしはそれを聞いて、そうか、と信じた。子供の頃、亡き祖父の匂いをふっと感じたこともあったしな」

へえ、と正次郎は天井を見上げる。

「なれば、今、胸にある詫びの思いも通じているのでしょうか」

「うむ、そう思うぞ」

頷く登一郎に、正次郎は顔を戻す。

「ああ、なんだか気持ちが軽くなりました」

笑顔になって頭を下げる。と、それを長明に向けた。

「勝手ですまぬ、許されよ」

「とんでもないことです」長明は首を振る。

「こちらこそ、無理な願いを聞いていただき、ありがとうございました。最後の講義、謹んで受けますので」

文机を引き寄せる。

正次郎も向き合い、咳を払った。

最後か、と登一郎も姿勢を正すと、正次郎の声に耳を傾けた。

正次郎が帰り、親子は向き合って中食の膳に着いた。

「実は、正次郎殿はな……」

父がこれまでのいきさつを話すと、息子は黙って聞いた。

「なるほど、先ほどの話、腑に落ちました」長明は深く頷いて、茶を啜《すす》る。

「いきなり浪人になるとは大変だったでしょうね。なれど、兄上も正次郎先生も、困《こん》苦《く》に性根が曲がることはなかったのですね」

「うむ、却って、性根が据わったということだろう」

登一郎は、立ち上がった。

「さて、出かけよう」

「はあ」と、付いて外に出る。

「どこへ行くのですか」

「両国の寿司屋だ」

父の言葉に、「いいですね」と息子は素直に並ぶ。

店が見えてきて、親子は「なんと」と声を揃えた。

店の前から長い行列ができている。

「行列せねば買えぬ、とは聞いていたが……」

登一郎は首を振りながら、その列に付く。

「すごい人気ですね」

長明のつぶやきに前にいた町人が振り返った。

「おう、今日は特にさ」

「そうそう」連れも振り返ると、親子を見た。

「旦那方は知らねえんですかい、昨日、浅草の寿司屋に手入れが入ったって」

「手入れ」

驚く登一郎に、町人二人は頷く。

「そうでさ、寿司は贅沢品だってんで、主がお縄になったんで」

「そう、だから、華屋も危ねえってんで、人が増えたんでさ。今のうちに買っとかなきゃ、いつ食えなくなるかわかったもんじゃねえってね」

「おうよ、なにしろ、こっちは名からして贅沢寿司だ、妖怪が放っておくわけがねえ」

頷き合う二人に、その前の者らも、振り返ってがやがやと話し出す。

「なんとも」長明は父を見た。

「いえ、話には聞いていたのです、華屋の寿司の評判は……父上は召し上がったことがあるのですか」

「うむ、手土産にもらって食べたことがある。主の与兵衛が工夫を凝らして作ったそうだ。確かに、旨い」

「へえ、評判は伊達《だて》じゃない、ってことですね」

長明は首を伸ばす。

列は少しずつ、進んでいた。

やがて二人の番になり、登一郎は折り詰めを手に入れた。

店を出ると、それを長明に差し出した。

「これを照代に渡しなさい」

顔を背けつつ、手渡す。

え、と長明は笑顔になった。

「わかりました」

掲げるように受け取って、長明は胸の前に持つ。

広小路を抜けると、登一郎はその足を止めた。

前から、慌ただしい足音がやって来る。役人だ。

捕り方の与力を筆頭に、同心、配下の者らが続いている。

町の者らは、道を空けて一行を通す。

道の端に退《の》いた登一郎は、息子の肩を押した。

「そなたは屋敷に戻れ」

そう言うと、一行のあとを追って、走り出した。

もしや……。登一郎は来た道を戻って足を止めた。

思ったとおり、役人は華屋に入って行った。

中から大声が響き、客らが飛び出して来る。

「おい、来やがったぜ」

町の男が駆けつけて来る。

「やっぱりな、来ると思ったぜ」

「おう、華屋はてめえからは引っ込めねえでいたからな、こりゃ見せしめに違《ちげ》えねえ」

町の者らが集まって、華屋を覗き込む。

「退け退けぇ」

店の中から役人が出て来た。

「邪魔だ、どけ」

大声で怒鳴りながら、十手を振り回す。

役人に囲まれて、男が後ろ手に縛られて、引き出されて来る。

「華屋与兵衛だ」

町の者らから声が上がる。

「引っ立ていっ」

与力の大声に、同心が縄を引く。

与兵衛は顔をまっすぐに上げて歩き出した。

「よっ、与兵衛」

「華屋」

声が飛ぶ。

「黙れっ」

役人が十手を振り回す。

登一郎は息を吸い込んだ。

よし、新吉さんに知らせよう……。踵を返すと、走り出した。

時代小説

二見時代小説文庫

不屈《ふくつ》の代人《だいにん》 神田《かんだ》のっぴき横丁《よこちょう》4

二〇二三年 六 月二十五日 初版発行

著者 氷月《ひづき》 葵《あおい》

発行所 株式会社 二見書房
〒一〇一-八四〇五
東京都千代田区神田三崎町二-一八-一一
電話 〇三-三五一五-二三一一［営業］
〇三-三五一五-二三一三［編集］
振替 〇〇一七〇-四-二六三九

印刷 株式会社 堀内印刷所
製本 株式会社 村上製本所

 ISBN978-4-576-23067-2
https://www.futami.co.jp/

森詠

会津武士道

シリーズ

以下続刊

① ならぬことはならぬものです
② 父、密命に死す
③ 隠し剣 御留《おとめ》流
④ 必殺の刻
⑤ 江戸の迷宮

江戸から早馬が会津城下に駆けつけ、城代家老の玄関前に転がり落ちると、荒い息をしながら「江戸壊滅」と叫んだ。会津藩上屋敷は全壊、中屋敷も崩壊。望月《もちづき》龍之介《りゅうのすけ》はいま十三歳、藩校日新館にて文武両道の厳しい修練を受けている。日新館に入る前、六歳から九歳までは「什《じゅう》」と呼ばれる組で会津士道に反してはならぬ心構えを徹底的に叩き込まれた。さて江戸詰めの父の安否は？

剣客相談人（全23巻）の森詠の新シリーズ！

牧 秀彦

北町の爺様

シリーズ

以下続刊

① 北町の爺様１ 隠密廻《おんみつまわり》同心

② 北町の爺様２ 老同心の熱血

③ 北町の爺様３ 友情違えまじ

隠密廻同心は町奉行から直《じか》に指示を受ける将軍にとっての御庭番《おにわばん》のような御役目。隠密廻は廻方で定《じょう》廻と臨時《りんじ》廻を勤め上げ、年季が入った後に任される御役である。定廻は三十から四十、五十でようやく臨時廻、その上の隠密廻は六十を過ぎねば務まらない。北町奉行所の八森十蔵《やもりじゅうぞう》と和田壮平《わだそうへい》の二人は共に白髪頭の老練な腕っこき。早手錠《はやてじょう》と寸鉄《すんてつ》と七変化《しちへんげ》を武器に老練の二人が事件の謎を解く！「南町 番外同心」と同じ時代を舞台に、対を成す新シリーズ！